云间笔会

2023

Yunjian Bihui

上海市松江区文学艺术界联合会

主编

许 平

执行主编

山西出版传媒集团 山西人民出版社

U0684608

图书在版编目（ＣＩＰ）数据

云间笔会.2023/上海市松江区文学艺术界联合会主编.－ 太原：

山西人民出版社，2024.1

　　ISBN 978-7-203-13148-9

　　Ⅰ.①云… Ⅱ.①上… Ⅲ.①中国文学－当代文学－作品综合集－

上海 Ⅳ.①I218.51

　　中国国家版本馆CIP数据核字(2023)第221328号

云间笔会. 2023

主　　　编：上海市松江区文学艺术界联合会
责任编辑：吕绘元
复　　审：刘小玲
终　　审：李　颖
装帧设计：张永文

出　版　者：山西出版传媒集团·山西人民出版社
地　　　址：太原市建设南路21号
邮　　　编：030012
发行营销：0351—4922220　4955996　4956039　4922127（传真）
天猫官网：https://sxrmcbs.tmall.com　电话：0351—4922159
E—mail：sxskcb@163.com　发行部
　　　　　sxskcb@126.com　总编室
网　　　址：www.sxskcb.com

经　销　者：山西出版传媒集团·山西人民出版社
承　印　厂：山西省教育学院印刷厂

开　　本：787mm×1092mm　　　1/16
印　　张：19.75
字　　数：300千字
版　　次：2024年1月　第1版
印　　次：2024年1月　第1次印刷
书　　号：ISBN 978-7-203-13148-9
定　　价：78.00元

如有印装质量问题请与本社联系调换

目　录

小　说

散　文

诗　歌

云间笔会
2023

小　说

刘红炜

绿堤消逝的炊烟

如果单面临水叫岸，前后临水叫堤，那我们的厨房和食堂应该是建在堤上的。

堤面依然开阔，如茵草地上植满各色花卉，两岸杨柳依依。东侧河面有一玲珑木质雕梁，通向农场辽阔的田畴和成片楼宇。

巨变，天翻地覆。多年前的胜利农场，已被浓缩进场部一座被精心布置的场史博物馆内。场长边解说边回忆，陪我从头至尾浏览了一遍。墙上挂着许多当年知青战天斗地的黑白照片。我沉浸其中，无意中好像发现了丁元旦的身影，可是仔细搜寻，并没有找到。

倒是看到了自己的形象，彩色的，10寸大小，非我提供，准是从网上下载的。除我还有好几位，依次排列。这些人我都熟悉，在胜利农场劳动过，陆续走上厅局级领导岗位。展示于此，无非宣扬农场获得的荣耀。

我暗中尴尬。不过，旁边还有一张更大的头像，足有30寸，这人官至副省级。

站在堤上，我东张张西望望，有些流连不舍。

我已近卸任退休的年龄，记忆力衰退，老眼昏花，可奇怪的是，对往事变得从未有过的敏感。凝视大堤，我脑海迅速转换，五彩幻化成黑白，像搭电影外景，眼前一幢泥砖垒就的房屋，变成了往日的青砖拱桥。

觉察出我神情反常，场长关切地问："局长没事吧？"

我手指河边绿荫，深情地说了句："那是我们的厨房，我曾在这里工作过。"

不知是厨房让我想起了丁元旦，还是丁元旦让我想起了厨房。

成家至今，平日从不做饭。老婆贬我，说我两手不沾烟火气，纯粹天吃星下凡，吃货！我不服气，说我怎么不沾烟火了？我也做过饭的。老婆嗤了一声："你就吹吧，做顿饭给我瞧瞧！哼，除非太阳从西边出来！"

我拽住她，将我做饭的故事讲给她听。

我没吹牛，真做过饭，不过是大锅饭，负责几百号人的餐饮哩。

15岁中学毕业，我被区知青办分配到了胜利农场。领导瞧我瘦骨嶙峋，不禁皱起了眉。斟酌再三，决定让我去伙房。炊事班一共5人，承担3个连的一日三餐。班长就是丁元旦。

他中等个，年届三十，略胖，咧嘴露一颗银牙，一闪闪的。开口就知他不是本地人，满嘴江北腔，呼我为小伯脸（小白脸）。一番藐视后，他无奈地摇头说："你就跟着我吧，别以为做饭容易，那也是个技术活哦。"

我暗中嘀咕："别讲得那么玄乎，不就是把生米做成熟饭嘛！"

不料，现实很快了我难堪。

做饭先要学会生火，其次把生米煮成熟饭，这是最起码的，但一开练我就栽了跟头。

那时没有煤气，都用灶头。灶上扣一口大锅，锅台后是灶膛。灶膛内用煤，需不断往里续，使其燃烧。丁元旦强调，记住，不是每天都要点火起炉子的哦，那样既费料又费工夫。晚上结束，他示范着教我如何压火。所谓压火就是在煤渣上喷水搅匀后，用铁铲将湿煤送进膛内。炉火印着他的脸，他迎着膛口，一点点糊墙似的将煤覆盖到燃烧的火苗上。

火焰被糊状煤渣掩盖，慢慢没了声息。次日凌晨，用一根铁钩，伸到膛底，轻轻钩动煤渣，火苗便重新摇摇晃晃地燃烧起来。一天的炊事又开始了。

"学会了吗？"两次示范后他问我。

这么简单的活计，哪能不会呢。我毫不犹豫地回答："会！"

结果，当晚我愣是把炉火给封死了。次日打开炉膛，膛内凉凉的，铁钩再钩也钩不出火苗来，只剩下一股难闻的青烟。

他很无奈地瞪着我说："死了！"他指的是膛火死了。我立马找来报纸和柴火，手忙脚乱从头起火。这天，差点误了早餐开饭时间。收餐时，他没忘数落我："你呀，怎么连压个火都学不会呢？真耽误了，被薅鼻子的肯定是我！"他把接受批评称为薅鼻子。

我仍不以为然，直到第二次出丑，才知羞愧。

本以为做饭简单，在家时老妈用一个小铝锅煮饭，淘米，放水，大火小火交替着便成，没那么复杂，然而烧大锅饭可不是那么一回事了。先得用一个大竹筐，哗啦哗啦把里面的米淘洗干净，再把筐搁在灶台，等锅里的水滚了，抄起筐内的米粒，缓缓撒进翻滚的水中。只见丁元旦顶着升腾的蒸气，抖动着五指，吆喝着："看见了没？米粒要撒得均匀，别让它扎堆。下完米，再目测一下水的深浅，大约一指深，即可盖上锅盖。这一盖就不能轻易开锅了。"

约莫一刻钟后，锅内会伴着蒸汽冒出一股稻香，淡淡的，悠悠的。丁元旦俯身，用手往鼻翼边扇："闻到了没有？"我赶紧靠近，跟着嗅，感觉挺难捕捉，似有似无，但还是不置可否地点了点头。"千万记住了，这时必须马上压火。"说着他迅速操起铲子，用煤渣将火苗覆盖。如此，再闷个20分钟左右，一锅香喷喷的米饭就算大功告成了。

我却又弄砸了。关键犯了两个错误：一是没闻见那股特有的稻香，嗅了半天也没捕捉到；二是闻不见稻香就慌乱，居然揭开锅盖欲探究竟。结果，好端端一锅米被我整成了夹生饭。丁元旦看着这一切傻了眼，怒其不争地摇头："你怎么能掀锅盖嘛！"责备完我，他灵机一动，让我搬来一只大木桶，将饭铲进去，暗中授意："快，送到隔壁猪圈去，拿去喂猪。"随即马上新煮了一锅饭。好在处置及时，没人知道，也没耽搁开饭时间，否则一定会被领导薅鼻子的。

就此我俩有了秘密，时间一长，关系也不一般起来。当然，人会成熟，类似死火、夹生饭的事在我身上再没发生过。

丁元旦喜欢听我讲故事。

伙房的水都是从河里挑到两只大缸里，每天必须灌满，再放明矾过滤。我挑担吃相难看，双手托肩，一步三摇。瞧我单薄，他干脆让我装半桶水，好让别人瞧着造型好看些。他身轻如燕，大步流星，只要求我跟着他，给他讲故事就行。不知啥时，这家伙迷上了我的故事。其实我哪有什么故事，全是从连环画里兜售来的，诸如岳飞枪挑小梁王啦，杨七郎打擂台啦，等等。我添油加醋，讲得绘声绘色（估计后来能说会道，就是那时练出来的嘴皮子）。

他听得入了迷，表情伴着我的嘴皮子起伏，时而聚精会神，时而露出银牙哈哈大笑。

回到厨房，他刷锅洗碗，快而熟练。我要上手，他不让，只求我继续讲下去。若有旁人打断，事后会紧追不舍地问："后来呢？"

炊事班氛围不错，挺团结的。这与丁班长的脾性有关。每晚熄灯后，几个兄弟闲得无聊，便胡吹海聊，甚至谈女人。有时直接拿丁元旦开涮，模仿他的家乡话，什么"从肥东到肥四（西），拿着子（机）枪打飞子（机），打不到飞子打自子（己）"。随之打探他的夫妻生活，又说你叫丁元旦，儿子大概叫丁鸡蛋吧？说完爆笑。

他不恼，傻乎乎地跟着笑，不过嘴里是有抵抗的："蛋气气，一群混蛋，我楞死你姑！"（家乡骂人话，他们不骂娘，骂姑）

危难中，他不止一次为我横刀立马挺身而出。

连队伙食标准不高，只有中午能沾点荤腥。年轻人正发育，干重活累活常饿得前胸贴后背，没到饭点就犯晕，尤其农忙时节更是如此。于是伙房成了小伙子们最向往的地方，厨房飘出来的炊烟成了最难以抵御的诱惑。堤北有一间茅房，职工们平日越过石桥过来蹲坑。坑后是一个蓄粪池，白天有人来挑粪肥，总会借机到南面的伙房打探，问中午吃什么。

结果被丁班长劈头盖脸轰出去："走开走开，蛋气气，知道你们挑着的是什么吗？不怕串味啊！"

午饭时间就更热闹了，一只只搪瓷碗急切地从窗户外哐哐哐地伸进来，看见肉眼都发绿了。我拿着大勺把菜扣进他们碗里，不承想一位小伙子嫌碗里的肉太少，要求再加几块。我说大家都一样，凭什么你要比别人多呢？你来我往的，小伙子恼了，指着我的鼻子道："当心点小子，找揍是吧？"

我也不甘示弱，回敬道："你能把我怎么的？"

小伙子一歪嘴："走着瞧！"

丁班长支持我，说我没错。

晚上，小伙子果真纠集了一帮人，找我来算账。气势汹汹，声言要把我摆平。

面对威胁，丁班长操起家伙，招呼炊事班全体出动。他冲在最前面，挥臂大吼一声："我楞死你姑，要打架啊？看你们谁敢动？不信上来试试！"活像只被激怒了的狮子。

来人被丁班长的气势吓退了。

丁班长对职工们很关心，那天抢收稻子，职工们在地里被大雨淋成了落汤鸡，冷得刮刮抖。是他烧了姜汤，动员我们送到每一间宿舍。

我对他的关照始终心存感激，常把家里寄给我的华夫饼干、大白兔奶糖送给他。他激动得不得了，两眼发亮，说这么高级的东西呀！双手在衣服上使劲揉搓，郑重接过。他根本不舍得吃，悄悄寄往了家里，说是给儿子吃。

这天风和日丽，我俩躺在杨柳婆娑的河边，我又给他讲《聊斋志异》中的聂小倩。这里是我常读书的地方。

这时从南面来了一位姑娘，长得纤细洁白，戴着袖套，身上围着围裙，手提一只木桶。这是饲养房的员工，隔三岔五到这里来收集泔脚，把做豆腐磨下的豆腐渣收集回去。丁元旦一个劲地捅我，嚷嚷着："快瞧快瞧唉，这丫头生的好得味（漂亮）哦！"

我偏头看，感觉这姑娘面熟。想起来了，那天我把夹生饭送到猪圈，遇到的正是这个丫头。她正用铡刀铡水葫芦，再把水葫芦与豆渣搅拌在一起。发现米饭很吃惊，秀发黏在额头上，她擦着满头汗水问我："这么好的米饭喂猪？这不糟蹋粮食吗？"

我尴尬地搪塞道："米饭馊了，不能吃了。"她直勾勾地看着我，一笑浮出两只酒窝。我被她看得有些害臊。

姑娘像杨柳般飘远了。

循着姑娘的背影，丁元旦说："这丫头长得和小倩一样得味。别说，看上去你俩是一对哩。"

我又害臊了，捶了他一拳："去你的！"旋道："老实交代，你老婆长得什么样，还中意吧？"

"一个农村娘们，能漂亮到哪里！"而后对我说，"我看你细皮嫩肉的，又是读书人，迟早要回城里，姑娘有的是，不用愁。"

我问："干嘛不把老婆孩子接过来呢？"

他头枕双臂，仰望天穹："哪能这么容易呢，这里虽是郊区，但毕竟是大城市，户口比金子还金贵呢！"

"那你两口子就打算这么一直分开过？"

"唉，大不了回家去呗！"他回道，"我有力气，种地总还行的。"

"家乡建设得还好吧？"我追问。

他吐吐舌头："穷哦，都是岗地丘陵，长不出别的，尽吃地瓜干，吸收差，没营养。知道当地人怎么说吗？一斤地瓜两斤屎，回头看还不止！"我大笑。他严肃地看着我，拼命解释道："我没开玩笑，是真的！"

后来他接到一个长途电话，说媳妇查出子宫上长了个瘤子，可能是恶性的。

这可把他给愁坏了，我劝他马上回家看看。他说农忙着呢，怎么能走呢？只见他独自躲到灶房，用煤核点着烟，一根接一根地吞云吐雾。夜里，大伙入梦了，他却翻来覆去睡不着，最后披衣下床，溜到河边吸闷烟。黑暗中烟星子鬼火似的阵阵闪烁。

我悄悄地坐到他身边，宽慰他道："也许是良性的呢！"

后来家里又来电话，告诉他瘤子是良性的，这才虚惊一场。我也为他大大地舒了一口气。

一年半后，我被领导看中，调到了场部宣传科。

走时，丁元旦对我猛竖大拇指："我说的嘛，这是迟早的事！"

这之后，与丁元旦见面的机会就少了。

后来我当上了农场的团委书记，再后来广播里开始唱《祝酒歌》，高考恢复了。我考上了某师范学院的政教系，毕业后分配到了主管文化的机关，成了一名公务员，最后晋升到了副厅。

记得离开农场时，我和丁元旦见过一面，但极短暂。那天看电影《熊迹》，散场时在人群中发现了他，我对着他大喊，嘈杂中他回过头来。得知我要去上大学了，他兴奋地捶了我一拳："蛋气气，得味。早知道你会有这么一天的。可要请我们喝酒哦？"

我很轻巧地道："小意思！"说完我们就分了手，总以为还会再见面的。

不料这一别就再没有再面，这酒欠了一辈子。

时过境迁，特别是随着身份的改变，社交圈不断在变，那些以前显得重要的人物，后来变得不那么重要了，但解释不清的是，在我职业生涯即将画上句号的时候，重回绿堤，对丁元旦的牵挂变得如此强烈。

"那你再去找找人家嘛！"听了我的讲述，老婆对我建议。

我说："找过，农场献了青春献子孙的人毕竟不多。人事部门查了，说当年丁元旦是提着一只档案袋子回老家的，都40多年了，哪里还查得着啊？"

老婆深叹一口气："也是，这么些年，又都是纸质记录，早没了。"

她语气悲观，我更悲观。他长我15岁，我都要退了，他恐怕早退了。

我惆怅地走向那座精致的桥。场长问："局长，准又是想起自己的当年了吧？"

我微微一笑，蓦然冒出一句："还是把展示厅内我的那张照片撤了吧？"

场长一脸狐疑，我没再坚持。

我径直走过桥面，心里清楚，那是早晚的事。

蒋近朱

左　右

　　"人要是倒霉起来，喝凉水都塞牙！"这句话，今天一直盘踞在她脑海里，赶都赶不走。是的，这天真是个倒霉的日子，倒了大霉了！

　　其实这是再平常不过的一天，只因他又发臭脾气，她不想待在家里看他暴跳如雷的丑样子，就摔门而出，本来也是要去买菜，就朝小区门口走去。这是一条来来去去走过无数次的路，她闭着眼睛也能走到小区外。她走着想着，满脑子都是他那张狰狞的脸，还有那歇斯底里的咆哮声："这辈子我俩都瞎了眼，找错人了！"

　　她的眼泪在眼眶里打转，不离不弃陪他走过20多年，他竟恶狠狠地抛出这么一句话："离婚！"人的忍耐力是有限的，这种话都说出了口，日子还怎么过下去？

　　她极力忍住盈满眼眶的泪水，步履缓慢，神情恍惚……到小区门口，她靠右行走从右边小门出去，刚没走几步，身后冷不防被什么东西猛一撞击，脚下一个趔趄一屁股蹲坐在地上，右手本能地伸出用力撑住不让身体倒下，就在手掌与水泥地面触碰的一刹那，拇指根部与手腕交接处一阵剧烈疼痛……

　　"不好！"她心里暗暗叫道。站起身来转头一看，一辆黑色小车，也是刚出小区门，正停在她身后。

司机下车连声说："我没刹住，刹不住……"她打量了一下对方，30岁的男人，外地口音。

"你不能走，马上报警！"她原想算了，说两句就放司机走，可右手钻心地疼，已有点肿了，凭经验判断可能骨折了。

打过110，接下来就是漫长的等待，其实应该也算不上漫长，可她就是觉得特别漫长……等待中，她往家里打了个电话，本来不想打，可要去医院，社保卡和病历本都在家里，就打电话让他送到小区门口。后来才知道，车祸就医不用社保卡，要先自费垫付，之后凭单据由责任方与其保险公司理赔。早知道就不叫他来了，她心想。可他已急急忙忙赶来，她接过社保卡、病历本后想让他回去，他不肯走，她三番五次赶他走，他死皮赖脸就是不走，非要陪她去医院。

来了两位警察，三言两语问明情况，认定司机全责，司机也无异议。他当然无异议，明摆着是他全责，同向而行竟也能从背后撞上行人，这驾驶技术也真是让人无语了。警察看一眼车说是新车，那司机十有八九也是新手了，不然怎么会犯如此低级的错误呢？警察填写好事故记录单，让双方当事人签字，她的右手又肿又疼已无法握笔。"我是她老公，可以代签吗？"他问。警察点头同意，他拿起笔代她签了字。他坚持要陪她去医院，她拗不过他，想想到医院可能还要填写单子之类的，自己右手已写不了字，就勉强同意他一起去。

到了医院，先是拍片，好不容易等到片子出来，医生怀疑是骨折，但还确定不了，又开单子让做CT，再等结果。折腾了好一阵，她让他先回去吃饭，他就是不肯，一直陪着她。总算等到CT报告出来，结论为右手桡骨远端骨折。真骨折了？她原来还心存侥幸，之前有过几次崴脚，开始也有点肿，但每次到医院检查都是有惊无险，只是扭伤筋拉伤肌肉啥的，没几天就能好。这次终于逃不过，真骨折了！她想想自己过了大半生，骨折还真是头一回。医生说要固定一个月到一个半月。天哪，这也太漫长了！这一个多月可怎么熬呀？他去付钱，领来藤条支架，医生给绑上。完了，右手不能自由行动了。

晚上躺在床上，她翻来覆去睡不着，白天的事开始在脑子里像过电影一样一一闪过。这是第几次吵架？根本数不清。算来今年是银婚，25年了，一路磕磕碰碰、跌跌撞撞走过来，吵了又好、好了又吵，一年又一年。

儿子去英国留学前郑重交代父亲："别欺负我妈，别一点小事就发脾气跟我妈吵架，我妈一直让着你、惯着你，换我，早离了！"

儿子觉得他已长成堂堂男子汉了，可以保护母亲了，临走扔下一句话："妈，您要硬气点，硬过他头！不行就跟他离！"

想想也是，看周围同学、同事、朋友、邻居，结了离、离了结的还真不少。那天闺蜜打来电话，清亮的女高音震人耳膜："侬晓得哇？我离婚了！"她能感受到话筒那端闺蜜神采飞扬的劲儿，那语气语调，跟报喜电话"你知道吗？我买彩票中奖了"差不多。还有对门邻居，楼梯上碰见，女主人拉住她笑盈盈地宣布："我们离婚了，他搬走了，这两天走出走进那个男的，你看见了吗？是我新交的男朋友！"

"啊？我一点不知道呀……那你啥辰光结婚，我要送一份礼的……"

"结啥婚呀！你不晓得吗？现在像我们这种二婚的，都不领证、不办仪式，就是搭伙过日子。玩得好就过下去，玩不好就拜拜，大家自由，以后财产都留给自己子女，没有遗产纠纷，清爽！"女邻居性格外向奔放，讲话呱啦松脆，听得她一愣一愣的，感觉自己就是个落后于时代的乡巴佬，现在怎么说来着？Out 了！

她忽然又想起小时候大院里的那一幕：有天夜里小宁妈突发神经，披头散发在床上打滚，大哭大闹，又捶胸顿足，把好好一双尼龙袜蹬了两个大洞。那时尼龙袜是稀罕物，她和院里小姐妹都还在用线团织袜子，所以对那双漂亮尼龙袜上的两个大洞印象极深，至今想起来还感觉好像有一双大眼睛正直愣愣地瞪着她。后来听邻居阿姨们悄悄咬耳朵，说小宁爸在外轧姘头，小宁妈晓得了就寻死觅活大吵大闹。不过小宁爸妈最终也没离婚，那年代，离婚和尼龙袜一样稀罕，谁不结婚，谁不生孩子，谁离婚了，都要被人背后指指点点嚼舌根的。老辈人，两口子情投意合、相敬如宾也好，平平淡淡、勉强凑合、吵吵闹闹也罢，最终都要厮守一生白头到老，哪有说离婚就离婚的？

她和他，开始也算情投意合甜甜蜜蜜，后来走过了平平淡淡，走到了吵吵闹闹。每次吵完，事后想想，都是些鸡毛蒜皮的小事。今天又是为啥事呢？

本来早晨起来还好好的，窗外风和日丽，心情也随之舒展。吃过早餐洗了碗，她准备出门买菜，他又开始啰唆："青菜要买2斤，1斤不够。""虾要挑大的、贵的买，要沼虾不要基围虾……"

她不耐烦地打断他："知道了知道了，别再说啦！"

她越来越讨厌他的碎碎念，大男人怎么鸡毛蒜皮样样管呢？想起以前外婆常说"小心不托胆"，就是形容此类人的此种言行，她很不喜欢！她信奉的是"用人不疑，疑人不用"，也曾多次在他面前对单位领导的做法大加赞赏：让下面各部门放手大胆各显神通，有了成绩就表扬奖励，出了问题由领导承担——这样下面干活的人积极性才高嘛！所以一听他啰唆，她就本能地反感，一反感说话就不耐烦，没想就因为她的不耐烦，他立马又暴跳如雷："你什么意思啊？用这种语气跟我说话，你是有多讨厌我呢？"他突然咆哮，声嘶力竭，面目狰狞，她一下子蒙了。

"我用什么语气说话了？不过就是有点不耐烦，哪有讨厌？"她无力的解释被他一声高过一声的咆哮淹没，她瞬间感到窒息，这个家一分钟也待不下去了，于是冲出家门，于是就有了这起车祸……是不是人在心情不好的时候，身上都是负能量，容易招祸？她忍不住这样想……

绑着支架回到家，右手不能动的日子，异常艰难，异常煎熬。刷牙、洗脸、吃饭、穿衣脱衣……平时无论干啥，右手总是一马当先充当主力军，左手只是辅助一下，而现在，一切都要靠左手。左手笨拙而不灵活，像一个被宠坏的孩子，平时都是老右挡在前，小左养尊处优缺少锻炼。这下好了，老右受伤，小左必须挺身而出冲锋陷阵独当一面了。让她感到惊奇的是，笨拙的小左，进步竟如此神速，很快就能拿勺吃饭，梳头洗脸，宽衣解带也都能胜任了。难度最高的，要数反手在背后扣内衣纽扣，平时都是左右手配合完成这一动作，现在只靠左手单兵作战，这绝对是难攻的堡垒、难啃的骨头。刚开始效率极低，花好几分钟费尽九牛二虎之力才勉强扣上，慢慢地越来越熟练了——熟能生巧，此言不差。她不禁感叹，人的潜能是无限的，怪不得有人失去双手后，脚趾就变得异常灵活。记得有一个日本女孩，能用双脚穿针引线，还有《中国达人秀》第一届冠军刘伟，脚趾在钢琴键上灵活跳动，能弹奏出美妙动听的音乐。双手能做的，双脚也能做；右手能做的，左手也能做！

她想什么事都自力更生，尽量不靠他，而他，变得异常体贴起来，总想帮她做这做那。家务活更不用说了，简直像换了个人似的，忙前忙后，淘米、洗菜、洗碗……一切沾水的活他都包了。"你坐着，我来！"成了他的口头禅，还时不时地问她："手还痛吗？"每次吃好饭，都把洗脸毛巾搓好拧干送到她手上。她感觉好像又回到当初生儿子坐月子的时候，也不是，儿子出生后他们请来带孩子的阿婆也帮着做家务，他不用干那么多活。可以说，自结婚以来，他可是第一次这么勤快，真是难得！

晚上，他过来坐在她床边，柔声问道："要我陪你睡吗？"儿子出国后，他就一直睡儿子房间，名义上是两人作息时间不同，他早睡早起而她相对睡得晚起得也晚些，互不干扰，但实际上，就是夫妻感情淡了不想腻在一块儿。她想起有人说过，夫妻在一起生活久了，就像左手握右手，都没感觉了。像今晚这样温馨的场景，已好久没有了……

"还是不要吧，我这手绑着睡不踏实，老是翻来翻去怕弄得你也睡不好，再说你万一翻身再压到我的手……"她迟疑地说。

"那我再陪你坐一会儿！"她靠在床上，他伸手把她的头揽过来靠在他怀里……那一瞬间，她感觉一股电流传遍全身，身体麻酥酥的，心头一阵阵发热……

"还是那个温暖的怀，还是那双有力的手，还是那个熟悉的味——久违了！"她心中轻叹，闭上双眼尽情享受他的爱抚，感觉时光倒流，似乎又回到了那个新婚之夜……

"我问你一个问题，一定要如实回答！"她微微抬起头轻声说，他点点头。

"你说我们俩都找错了人，是你的心里话吗？"她心怀忐忑，静等答案。

"你傻不傻呀？怎么可能是我的心里话？我就是一时说说气话，口不择言没过脑子！"他信誓旦旦，她不知该不该信他。

"你心里真没这么想过？"她需要他确认。

"真没想过！你想啊，我心里要真这么想，我们俩能走到今天吗？你再想想，我平时对你怎么样？你不能只听我一时气话，不看我行动表现吧！"这倒也是，他这人脾气坏心眼好，她早就总结过，不然也不可能和他走到今天。

"可是你老跟我吵架……"她还是满心委屈。

"吵吵闹闹才是真夫妻呀！每天举案齐眉相敬如宾，有几对夫妻能做到？要真是这样每天客客气气，还像夫妻吗？"他居然理直气壮。

"那你也不能动不动就发臭脾气，我有什么不对你好好指出来，别发火……"其实这个要求她提过好多次，可他脾气一上来总是不管不顾的。

"好，我改，尽量改！"她不知道他这次的承诺能不能兑现，但此刻，她愿意相信他。

她不知道他们今后还会不会吵架，但她相信他们会相互扶持彼此依靠，相伴着继续走下去。她又往他怀里靠了靠，缓缓说道："我突然有一个感悟：一对夫妻就像一个人身上的左手右手，互相配合才能做好事情过好日子，互掐只会坏事，互相伤害。或者说，夫妻之间，应该互为对方的左右手，右手伤了左手就顶上去，左手伤了右手也顶上去，少了哪只手都不行！"

"说得好！真不愧是我老婆，脑子就是灵，伤了手还能悟出个道理来，佩服佩服！"他又开始嬉皮笑脸，然后又一本正经道，"那就让我做你的右手！"

"让我做你的左手！"她马上回应。

她和他，在这个寒冬里的夜晚，紧紧依偎在一起，相互传递着温暖，用心倾听着爱人的心曲……这冬夜里的喃喃细语，就像她床头的灯光，柔和而温馨，深深地照进彼此的心里。那一刻，她感觉，左与右早已浑然一体。

魏勇

雨　帘

　　早晨的天气，似乎比冬天更寒冷，但又不同于冬天，是一种透肌彻骨的冷。不可思议的是，春寒料峭的天，竟突然下起了大雨。

　　姐快要下班了，妈妈催我速给她送伞去。

　　这里是刚新建起来的一个住宅区，离市区很远，交通颇为不便，几公里长的一条公路上没有任何建筑，公共汽车也要到月底才能通行。远远望去，那建筑群恍若古代欧洲一座死气沉沉的城堡，看了叫人心里直发毛，因此被人称为本市的西伯利亚，使用几个月了，偌大的一个住宅群里，只搬来几十户人家。

　　"她干嘛不每天随身把伞带着，这么远的路，还不走死啊！"我嘟囔着穿鞋，"那些该死的偷车贼，个个都该枪毙！"

　　"怪你自己啊，非要买运动型跑车，还派头那么大，崭新的就扔在马路边……"妈妈又啰唆起来。

　　放眼屋外，是腾飞的水雾，还没完全整平的地上被粗大的雨点击得翻起了大大小小的水泡，但顷刻间就破碎了。

　　走下楼，迎面袭来一股裹挟着雨星的寒气。我不由得打了个寒战，紧了紧衣领，硬着头皮钻进雨里。

半路上，一个穿着与姐那件颜色、样式一样大衣的姑娘，躲在一顶漏雨的油毡天棚下避雨，秀丽的大眼睛紧张地盯着挂在顶棚檐口的一颗颗随时都要往下掉的水珠。我禁不住有一种不道德的解气感，是得让她们受受苦，不然，美人儿们总以为好命运都是偏向她们的，越加高傲和肆无忌惮了。

这大衣是啥料子的？好像叫什么皮或什么毛的，姐夸耀过，说是未来的姐夫从上海的名牌时装店里买来的，反正很贵。谁叫她穿这么好啊，活该受罪！

走过她面前时，她那对诱人的眸子羡慕地盯着我夹在腋下的雨具——让你眼红死！

姐已下班走了，害我白跑一趟。

新华书店门口排起了一长串的队伍，全是年轻人，姑娘占多数。20世纪80年代的青年确实比70年代的高雅多了，为了求知，宁愿在大雨朔风中受罪。

"请问，买什么？"

"《辞海》缩印本。"

"真的！"我欣喜万分，也赶紧挤入了这全在搓手跺脚的行列。

"证件！"忙得团团转的营业员没好气地道。

"什么？"这新鲜的规定把我弄糊涂了。为了不耽误大家，我只得不情愿地摸出工作证给她看。周围的人都笑起来了。

"我问你结婚证！"她火了，"捣什么乱！下一个！"

那我可能一辈子都买不到这本书了，没人喜欢我，怪爹妈不争气。

"脑子坏脱了！"一股无名之火从我心头勃然升起，但连我自己也不知在骂谁。买书竟要结婚证，这又不是性知识读本，真是天下奇闻，当可编入《世界之最》。这兴许就是当今的新潮吧。临走我狠狠地瞪了众人一眼，大字不识半斗，放在书橱里装高雅！白白浪费了一个多小时，真扫兴。

黄昏趁着雨神在无休止地发泄，也不适时宜地罩落在这本是灰蒙蒙的天空，昏黄的天色更是给人以一种烦躁、郁闷的压抑感。

怎么，她还在那儿？

脚下已没有一块干燥的地方了，新颖小巧的棕色高跟棉皮鞋踩在淌着泥水的地上，大衣上的绒毛也是潮乎乎的，蔫了，就像姑娘们平日里那种高傲的神情没了。她愁眉苦脸地向冷清的四周顾盼着。

她干嘛不跑？一样是淋湿！是偶尔路过，还是住在这小区里？此刻，她一定抱着一种在困境中蓦然会出现奇迹的希望，但据我插队时所学到的观测天气的经验来看，这雨一时半会儿是不会停的。除非巧遇熟人或热心人，再说，天也快黑了。希望渺茫地等待，还不如跑回家，我又想。

左后方猛刮来一阵雨，打进了我的脖子里，浑身起了一层鸡皮疙瘩，我忙用伞挡住。

如此冷的天，倘若顶风冒雨跑远路，贵重衣服被淋湿不说，人也受不了，很容易得病。换了我，定不会等着，等着出现奇迹。

她那隐含着羡慕的迷人的眼睛，仿佛在无声地向我手中的雨具苦苦哀求。我忽然动了恻隐之心，不由得朝她走去。

"不！不！"她倏忽露出一种怕冷的神情，声音异样地说。哦，她这是不好意思接受一个陌生人的帮助。

"你看，这儿又没人家，天又开始黑了……"我真诚地解释道。

怎么啦？她那深潭般的瞳仁里射出的不再是那种让人心神荡漾的柔彩，而是刹那间变成了一种警惕的目光，并茫然地向四周求助着，大张着嘴，蜷缩着身子直往后退……

我猛然醒悟过来，犹如一盆冷水从头浇下，不禁也恐惧地扫视了一下这空旷寂静的街道。有那么一刹那，我竟也怀疑起自己的目的来。

"救命啊！快来人哪！"一群在河里追逐嬉戏的姑娘中的一个，发出了尖厉的呼救声，慢慢地沉没了……

我虽是个旱鸭子，可在这性命攸关之时，已顾不得自己了。自我进入学校那天起，老师就在我那幼小的心灵播下了一颗崇高的理想种子，于是，一个少年英雄就常常出现在我那蓝色的梦中，并伴随着我的年龄一起长大。

　　我奋然跳进河中，拉住了她。她露出头来，忽听得一声尖叫，继而感到有数不清的手在无情地把我往水底下拉……当灌饱水的我在河滩边苏醒过来时，迎接我的并不是荣耀的花环，而是一副锃亮的手铐及冰冻我热血的窃笑和谩骂。

　　从那天起，我童年的梦就破碎了……

　　我想，她们或许会有负疚的那一天。因为，人之所以为人，是因为人还有人的本性，而我却再也不会有摆脱心中痛苦的那一天！

　　就是今天，当我走在路上时，仍然能感觉到有如剑似的轻蔑的目光刺在我的心上。

　　此刻，我虽然撑着伞，可脸上不知怎么却挂满了水珠。我悲哀地瞥了她一眼，快速地逃离了。我生怕再有什么罪名会加在自己的头上，但我更畏惧唤起那强抑在心底的伤心的回忆。

　　姐已先我一步到了家。

　　"路上怎没碰见你？"

　　"我搭的车，被我强拦下的，司机本想发火，后来莫名其妙地热情起来。"姐笑得很怪地说，"不过……坐在里面也挺难受的……"

　　她故意停顿了一下，卖了个关子，想叫我问，可我偏不问，她意兴大减，只好接着说："你知道吗？他朝我瞟个没完没了，我真害怕……"

　　其实她并不害怕，不然也要像那姑娘一样淋雨了。而且，也幸亏是个女性，如果是我，成落汤鸡不算，说不定还会溅一身泥浆水。

　　爸妈生下我们姐弟俩，一个俊俏无比，楚楚动人；一个丑陋猥琐，处处吓人。不知我前世造了什么孽。

"你……路上是否看见一个……躲雨的？工棚下……"

姐问，谁呀？

我说不认识的，和你……穿一样大衣的。

"不认识的问个屁啊！"可她不等我回答，忽然又很坏地笑问，"这么说，是个女的！干啥？"

我有点心虚道，别阴阳怪气的，我是说，她已经躲了几小时的雨了。

同情心瞎泛滥！我还以为你们对上眼了呢，姐说。

除非那姑娘瞎了眼！我无言，把自己关进房间。

吃饭时，我有点心不在焉，不时跑到窗口去观望，但只能瞧见一堆黑乎乎的东西，那是这路上唯一的棚子。我当时应该扔下伞就走，并说"用完送到方东三村 4 号 203 室，我爱人在家"，以此证明我的光明磊落。

你是魂不守舍的花痴啊！姐不满道。她实对我很体贴，因此我从不计较。

"她真那么吸引人吗？让我也瞧瞧。"姐也忍不住凑到窗前张望，当然一无所获。

粗大的雨滴噼噼啪啪地打在窗玻璃上，听声音，比先前更大了。

她，不知怎样了？

我老为自己刚才好的心愿未遂而感到懊悔。

阿二，怎么吃不下？妈妈关心地问。

姐嗤了一声，他呀，单相思！

我假装逼向她，她逃到门角落里求饶命！

我猛地从镜中窥见了自己的尊容，不由得一阵心寒，任何姑娘看到了都会心惊肉跳。假如我是女的，她是男的就好了，我想，女的可以毫无顾忌地接触男子，绝不会被公安局带走；反之，则不行！

先生！借用一下您的伞好吗？

万分荣幸，小姐！

您帮了我个大忙，谢谢您！

别在意，下次下雨时我或许会得到您的帮助。您真美，小姐！

是吗？那我们交个朋友吧！

认识您很高兴，我叫加西莫多！

爱丝梅拉达，小名阿涅！

我爱你，亲爱的！

我也爱你……

我怎么跑到外国去了？真见鬼！

天越来越黑了。远处滚出了一个小黑点，在向闹市方向移动。

"她走了……"我自言自语。

关你什么事！莫名其妙！你难道又忘了那事了？我倒给你记着哪！

我的心被深深地刺痛了。你再说这些，别再做我姐！

你们俩啊，老大不小了，还常不真不假的——是你不好，白长了几岁！妈朝姐偷偷地眨了眨眼转身对我说，妈给你买了你最爱吃的蜜枣呢，在柜子里。

姐跑过来。好了好了，对不起，我的好弟弟。说着把一颗蜜枣塞进了我嘴里，又趁机劝我，姐也是为你好，现在的人都难搞得很，说不定还会恩将仇报呢……她又在提那事。

其实，姐说得对，我是有点没事找事，我没做错什么需要去将功补过，可我心里就是放不下，好像做了错事一样内疚。假如那姑娘换作是我……

"哪去！"妈急问。每次都这样，好像我正处在一个闯祸的年纪，对那件事她老是心有余悸。

"饭后散散步。"

大雨天散个屁步！总是说不听的，多管闲事！什么也骗不过姐，且语气中满是恨铁不成钢。

雨继续下着，下得很大，那密密麻麻的雨丝，宛若隔在我面前的一张无形的帷幕……

　　即便今天没什么结果，但我还想去试一次，因为我仍想去找回那曾失落了的童年的梦……

王斌

做局（节选于《潮湿的花》）

一

毕碧琪谈了个成熟型的男朋友，她自己戏称为老相好。她的生活一下子由 2.0 版升级到了 3.0 版，她也自信了很多。

毕碧琪的老相好是个小老板，叫秦兆达，是毕碧琪在前男友住院期间认识的，那时毕碧琪与前男友还没有分手。秦兆达的女儿秦小秀患病发高烧住院，就在毕碧琪前男友的隔壁病房。秦兆达时不时地来医院照顾一下女儿。

有一天，毕碧琪端着从医院食堂打来的饭菜，路过秦兆达女儿病房的门口，正好与从里面走出来的秦兆达撞上，将毕碧琪手里捧着的三个饭盒全部撞翻在地。惊愕过后，秦兆达还没有等毕碧琪开口，就掏起电话打给一个大饭店的领班，让饭店做六个菜立刻送到医院的病房里来，赔偿毕碧琪的饭菜，还专门交代要做一份糠煲龟鸠虫草汤。后来毕碧琪才知道糠煲龟鸠虫草汤是用乌龟和斑鸠加名贵冬虫夏草，用瓦罐埋在稻糠暗火中煨制而成的，饭店一盅就要 398 元，而秦兆达为她点了一份，也就是 10 盅，近 4000 元哩。

秦兆达的这个举动，给毕碧琪留下了很好的印象，她觉得他果敢干练，出手大方，是个十分慷慨的人。这次相撞彼此不但没有指责、争吵，反而礼貌地留下了手机号码。

之后，二人也没有主动联系对方。大概过了一年多，毕碧琪发现前男友与一个花店女老板劈腿了，自然就与前男友吹了。那段时间毕碧琪的心情很不好，也很颓废，谁都不想搭理。一天午饭后，秦兆达突然来了个电话。毕碧琪看着手机上的来电显示，她不想接这个电话，可是手机总是响个不停，她想挂断来电，却有气无力地点错了，按了接听，也就无厘头地通了话。从此，二人就时常互相联系。联系几次后，二人就好上了，秦兆达也就顺理成章地在公司附近为毕碧琪租了一套房子，成了他们的安乐窝。

秦兆达是个不大不小的老板，人的素质也过得去。他原是一家研究院的工程师，由于荷尔蒙过剩，背了好几个处分，在单位干不下去了，便辞职自己创业。起初走了不少弯路，最后还是成功了，如今他觉得如鱼得水。毕竟秦兆达是知识分子下海发迹的，不像一些没有多少文化，只凭胆子大和机会好起家的老板，富得只剩下钱，脑子里却是空空的，满身的铜臭味。毕碧琪觉得秦兆达也算得上是半个儒商，气质儒雅，这一点她比较满意。

又到了周末，秦兆达正好没有生意上的重要事情需要处理，就来到了他为毕碧琪租的菌苔香蒲苑的房子里。一阵卿卿我我之后，便无所事事。二人沉默了一小会儿，秦兆达问毕碧琪接下来要干什么。毕碧琪说，罗媞儿与孔孔好上后宴请过几个要好的小姐妹，婷婷的老公大胖子也摆过宴席在小姐妹们面前秀了秀，所以建议，干脆晚上订个好一点的饭店，把她们约出来，也组织一场秦兆达的亮相秀。

秦兆达很高兴地答应了，一边让毕碧琪约她的小姐妹们，一边掏出手机在湖光月滟酒店订了一个大包间。

毕碧琪打了一圈电话，小姐妹们大都没有问题，只有念子没有空。肖瑶瑶建议说，今晚太仓促了，不如改到明天晚上，明天中午也行，反正是周日，大家都休息，这样就能聚齐了。毕碧琪觉得这样安排更好，就把秦兆达亮相秀的聚餐活动改到了次日中午。

　　肖瑶瑶又专门与罗媞儿通了电话，让她请孔程夫务必把安昆也邀请来参加这次聚餐活动。不到一小时，罗媞儿就回电话说，安昆接受邀请。肖瑶瑶很开心，却不由得一阵紧张。原来，肖瑶瑶让孔程夫邀请安昆，是有目的的。她心里清楚，这种紧张源自她要在这次聚餐中使个计谋，来验证安昆是否正常，因而她有点坐立不安。

　　明天聚餐的时间、地点，肖瑶瑶用短信通知了念子。念子回复短信说收到，并告诉肖瑶瑶，她在豫庐煮咖啡，满屋都是咖啡的清香。心慌慌的肖瑶瑶回了"马上来"三个字后，抓起包就跑到了地铁站，上了开往玉兰馨广场的列车。

　　在地铁里，肖瑶瑶打电话给司妮，让她也到豫庐与念子和自己会合，她要和念子、司妮好好合计合计，确保她的计谋顺利实施。

　　这样，肖瑶瑶、念子、司妮这三个美丽的女人在豫庐密谋到了深夜，咖啡煮好又凉了，凉了再煮热，这三个喜欢喝咖啡的美人，为了擒获一个男人而绞尽脑汁。

二

　　周日的中午，秦兆达用自己的那辆保时捷载着毕碧琪提前来到了湖光月滟。

　　莫道君行早，更有早行人。他俩倒达时，肖瑶瑶和念子已经坐在湖光月滟的豪华大包间捞月坊。一会儿，司妮、吴阿华、湘可、罗媞儿、婷婷、柯妮妮等也陆续来了。正在大家叽叽喳喳时，安昆来了。一群天仙般美丽的姑娘不约而同地发出夸张的尖叫，这些个个打扮得花枝招展的姑娘，像蝴蝶一样飞了过来，围绕在安昆的身边，秦兆达只好独自站在大餐台对面的沙发边。毕碧琪挤出人群，把秦兆达拉了过来，向安昆介绍道："这是秦总，秦翰公司董事长。"

秦兆达掏出名片递给安昆，谦虚地连声说："小业主，小业主而已。"

安昆主动同秦兆达握手，并做了自我介绍。

这时，孔程夫给罗媞儿打来电话，说他临时有点事，大概还要20分钟才能到，让她转告秦兆达，大家先开始，别等他。

于是，大家就你推我让地就座了。

肖瑶瑶眼睛一直盯着安昆，他走到哪里，她的眼睛就跟到哪里。见他选好位置坐下，她就在他旁边就座了。

秦兆达带来了6瓶15年茅台。斟酒时，安昆说开车来的，回去要开车，不能喝酒。众女子都不同意，七嘴八舌，有的说帮他开车，有的说让他打的回去，明天再来开车。尤其是念子、司妮，坚决不同意安昆不喝酒，因为她们的密谋，就是建立在酒的作用上，她们怎会答应他不喝酒呢？这群美女对安昆又发嗲，又耍赖，又抛媚，又威逼，软硬兼施，让安昆难以拒绝。罗媞儿拿起酒瓶就往安昆面前的玻璃杯里倒，哗哗地倒了满满一大杯。

秦兆达让服务员也给他倒上酒。他说，虽然他也开了车，但为了助兴，等会打电话让司机来把车开回去。毕碧琪说："亲，你喝吧，车我帮你开吧。"

秦兆达说："不必了，今天请的都是你的小姐妹，你陪她们喝点吧，这样才有气氛。"

姑娘们都倒上了酒，只有念子喝的是桑葚红露。本来她就不喜欢喝酒，何况今天她是有备而来的呢。

酒席一开始，气氛就很热烈。敬酒的焦点当然是安昆和秦兆达，他俩中，核心人物又是安昆。这群美女轮番上阵对安昆狂轰滥炸，让安昆招架不住。十几杯下肚后，安昆头就有点晕了。

这时，孔程夫赶来了。罗媞儿在身边为他留了位置，他一坐下就端起杯子，说来晚了自罚两杯。姑娘们起哄，让他自罚三杯。他一口气将三杯酒喝干了，豪爽地又把酒倒上，拉着罗媞儿，一起走到秦兆达身边，说了句幸会，第一次相见，敬他一杯，便一干而尽。接下来，他就提着酒瓶走到安昆身旁，说上次去三甲港，安昆表现得非常出色，在他营造的热烈气氛中，大家玩得太开心了，又说他与安昆很投缘，所以要好好地敬一敬安昆。于是，与安昆连干三杯。

酒席还没有到尾声，安昆就已经过量了，虽然他没有失态，但他已经去洗手间吐了两次。尽管如此，这群美女并没有打算放过他，继续轮番上阵与他碰杯。

一轮又一轮，安昆都是大家进攻的主要方向，几轮下来后，他已经烂醉如泥了。

他呕吐不止，已分不清东南西北，瘫在座位上昏昏沉沉，世界变得一片混沌。他无法控制自己的身体，像一件衣服皱巴巴地堆在地上，任凭风儿吹。

三

酒席在安昆醉得不省人事中结束了。孔程夫和秦兆达都要送安昆回去，被肖瑶瑶、念子、司妮拒绝了。肖瑶瑶让孔程夫和秦兆达分别照顾罗媞儿、毕碧琪，念子没喝酒，让她开车送安昆回去。

肖瑶瑶从安昆公文包里找出车钥匙，递给念子，让念子从地下车库把车开到宾馆门口，她和司妮搀着耷拉着脑袋、全身瘫软的安昆，向电梯走去。

孔程夫见两个姑娘搀扶安昆太吃力，就松开了挽着罗媞儿的手，走过来架着安昆，一直送到念子开过来的车上。

司妮坐在副驾驶的位置上，念子熟练地驾着车上了路。

车子没有朝安昆家的方向开去，而是开往了相反的方向。

这一切安昆并不知道，他除了偶尔对着马甲袋呕吐外，就是头耷拉在肖瑶瑶的肩上沉睡。

肖瑶瑶搂着安昆坐在后排，心疼地看着他略显苍白的脸，嘴角却暗暗地写着浅浅的诡异，时不时地用餐巾纸擦着他的脸和嘴。

车开到了海边的一片树林里，这里是公路的尽头，树木茂密，除了鸟和虫的鸣叫声，看不到任何人的踪影。念子男朋友曾带念子来过这片树林，没想到今天让肖瑶瑶派上了用场。

车子停下来，肖瑶瑶问念子和司妮："我怎么验证他啊？"

"怎……怎么……验……验证？"司妮一脸茫然，结结巴巴地说，"不……不……不知道。"

念子似乎胸有成竹地说："朗诵，诗朗诵呀！"

肖瑶瑶特别紧张，心快要跳出胸口了，她不想证实安昆如念子说的那样，她觉得阵阵寒意袭上心头……

"诗朗诵？"肖瑶瑶问，"哪个诗朗诵啊？"

"野有蔓草，零露漙漙；有美一人，婉如清扬……"念子想起了《诗经》里的这首诗，不禁嘿嘿笑了起来。

这时肖瑶瑶才恍然大悟，抬起头来，激动地对念子和司妮说："你俩快下车呀，别待在车里了。"

念子哦了一声，赶紧打开车门，便和司妮匆匆下了车。她和司妮不敢走得太远，走到离车子大概 50 米远的地方，转过身来，看着静静停在树林里的白色越野车，像一只飘在绿海里的白天鹅，如诗一样的朦胧抽象和富有韵味，念子朗诵起了《野有蔓草》："邂逅相遇，与子偕臧。……"

四

过了好大一会儿，肖瑶瑶打开车窗，喊念子和司妮回去。

念子和司妮重新上了车，肖瑶瑶脸红扑扑的，不再是紧张的神态。

安昆衣着整齐，口中酒味很浓，憨态可掬地熟睡，车里也散发着浓浓的酒味。

肖瑶瑶幽幽地说："念子，我觉得他正常，喝醉了也能听得懂诗朗诵，而且还……还……很有……很有诗意，我很开心……"

"太好啦！大家都放心了。"念子既高兴又酸酸的，说着把车挡拉到R挡，倒车，掉头，返回。

念子问："送他去哪呀？"

这一问，把大家都问得愣住了，安昆的家在什么地方，三个姑娘都不知道，只好你看看我，我看看你。

"可不可以让他到豫庐休息啊？"肖瑶瑶试探着对念子说。

念子从后视镜中看了看安昆说："不好吧。那是我和一志的住处，不能让他们有任何交叉重叠的时间和空间，不然会给我们惹麻烦的。要知道，为了女人，男人们向来水火不相容。"念子所说的"他们"，当然指的是念子男朋友景一志和安昆。

肖瑶瑶觉得念子说得很有道理，也就放弃了让安昆去豫庐的想法。肖瑶瑶又看了看安昆，他还在熟睡，必须找个地方安顿好才行。但去哪呢？一时又没了主意。

五

过了一小会儿，念子说："嗯……送他回他公司吧，他的单位我去过，我知道在哪儿。让他在办公室休息吧，办公室有张大沙发，可以睡觉的。"

肖瑶瑶说："只是……让他在办公室，我能陪在那里照顾他吗？他一个人，我心里有些不放心。"

"他只是醉了，睡一觉就好了，你别担心。再说了，今天这件事……我总觉得……总觉得把他灌醉了不是很好，心里有点吓唠唠的。我们还是早点回去吧，别带来其他麻烦。"司妮说。

"好吧，也只能这样了。"肖瑶瑶说。

车子开到了安昆的公司，已是下午4点多了。肖瑶瑶推了推安昆，安昆睁开发饧的眼睛，但依然神志不清，在三个姑娘的搀扶下，歪歪斜斜地往办公室走去。

安昆躺在办公室的沙发上，睡意蒙眬。肖瑶瑶把他的车钥匙和装在小包里的那串钥匙放在茶几上，又倒了杯茶，端过来放在他的面前。看到墙角的衣帽架上挂了一件衬衣，肖瑶瑶取了下来，盖在安昆的身上，三个姑娘轻手轻脚地退出了办公室。

六

安昆在沙发上很快就睡着了，一直睡到了晚上9点多，电话把他吵醒了，头却疼得厉害。

"我怎么会睡在办公室呢？"他自言自语道。

他完全失忆了，一点也想不起来他怎么会睡在办公室。他只记得自己中午去湖光月滟赴宴，宴席的后半部分就完全想不起来了。

电话是妻子打来的，安昆说他喝酒了，不能开车，让妻子打的过来把他的车开回去。

一个小时之后，安昆的妻子来了，把安昆接回了家。

在回家的路上，安昆叹了一口气说："明天是周一，要按时上班哩。"

第二天，肖瑶瑶给安昆打电话，以为和安昆有过密林里朗诵《野有蔓草》的经历，他从此对她的态度会有所改变。没想到，安昆的态度依然和过去一样，没有丝毫的改变。而且由于安昆醉得太深，他竟然失忆了，对她的诗朗诵一点也没有印象，这让肖瑶瑶感到非常失望。

保密工作

叶晶的丈夫老关最近提了副区长，叶晶的身份也随之水涨船高，谁见了她都客客气气的，叶晶自我感觉好极了，到底是夫贵妻荣啊！

可是不久，她的好朋友兼死党蒋丽就鬼鬼祟祟地告诉她，有一次她在幸福小区的朋友家出来，看见老关的车停在小区里，后来又去了一次，又看见了。

"男人有了钱和地位，不可不防他变坏啊！"末了，蒋丽说。

"不可能，我们家老关别的不敢说，生活作风是过硬的。"叶晶斩钉截铁地说。

蒋丽笑着走了。

话是这样说，但叶晶心里还是咯噔了一下，老关当上副区长后，工作比以前忙了很多，两人有时一星期都碰不上一面，常常是老关回来叶晶已经睡了，甚至有时直接睡在单位不回来，但两人之间一直是互相信任的，如果别人捕风捉影地和她说这些，她是绝对不会相信的，问题是老关大学时的初恋情人王梅就住在这个小区，难道……叶晶思前想后还是决定先不和老关说破，而是找机会试试他。

当晚，叶晶等着老关，老关回来得还不算太晚。等老关冲了澡上了床，叶晶像是很随意地问："你上了副区长,工资涨得多吗?"他俩的工资各自保管,没有上交这一说,叶晶在这方面倒是很民主的,从不过问。

"还那样啊,按级别系数,早就跟你说过了啊!"老关边倒水边说。

"哦,你最近那么忙,可要多注意身体……"没等叶晶的话说完,老关的手机就响了起来,老关看了看号码,跑到房间外面去接,出去时还轻轻带上了房门。过了一会儿,老关进来说,我有急事要先出去一下。没等叶晶问这么晚了干什么去,老关已经走了。

老关的行为加上白天蒋丽的提醒,使叶晶觉得有问题,她决定探个水落石出,如果老关真背着她干了什么出格的事,她要来个人赃俱获!她立即戴帽子和墨镜,尾随老关出门,在老关的车开出一段距离后,她招来了一辆出租车,悄悄跟上去。老关的车果然滑进了幸福小区,叶晶的心凉了半截。她在小区门口下了出租车,然后在小区里找老关的车。果然,她在38号门口找到了老关的车,她倒吸了一口凉气,38号401室正是王梅家,前两年这个女人离婚了……叶晶越来越相信蒋丽的话了,看来他们又死灰复燃,偷偷来往了。哼,保密性还做得真好!叶晶是个敢想敢做的人,既然老关做了这样对不起她的事,她决定抓个现行。

叶晶耐心地在楼下等着,她知道现在上去还不是时候。过了大约半个小时,叶晶一口气跑到401室,咚咚咚地敲门。过了一小会儿,开门的果然是老关。他看到叶晶非常惊讶,似乎有些脸红,小声问:"你,你怎么来了?"

叶晶冷笑着说:"你当然不希望我来了,让开!"最后两个字掷地有声,铿锵有力。然后她一把推开老关冲了进去,像一阵风似的席卷屋内的各个角落。结果令叶晶大出所望,屋里除了老关,一个人也没有,而且屋子里散发出来的气息证明这个房子长期无人居住。

这下轮到叶晶脸红了,她喃喃地问:"你,你一个人跑来这里做什么,大半夜的?"

老关洞察一切地笑了，他说："你以为我干什么？王梅一年前就出国了，我想这房子空着也是空着，就向她借了来用用。实话告诉你吧，我资助了两个云南贫困地区的学生，因为成绩好，我想接这两个孩子到这里来上中学，毕竟这里的学校要好一些。这个房子就是让他们住的，我已经置办了一些东西，刚才他们打电话来，说可能明后天到，我就连夜来看看还有什么不妥。"

叶晶嗫嚅着说："这是好事，你干嘛瞒着我！"

老关摆了摆手说："你那张嘴呀，能藏得住个事？我就想做一些自己想做的事，帮助一些自己能够帮助的人，而不想做了一点事就让别人都知道，树个标兵什么的，没那个必要嘛！现在是有些干部好大喜功，但是还有很多像我这样真的愿意为群众默默排忧解难的干部，有些人甚至是在匿名做好事。你可不能给我当喇叭，做好保密工作！"

"你就臭美吧！"叶晶捶了老关一拳，两人都笑了。

庄锋妹

小升初 （节选）

"哎哟，没想到啊，没想到啊……"薛静芳一踏进家门，手里还来不及放下跳舞用的红扇子，就大呼小叫道，"出事情来，出事情来……"

"干嘛呢，你这老太婆，大惊小怪的。"坐在沙发上正看报纸的苏源抬起头，推了推鼻梁上的老花镜，埋怨道。

"出事情来，住在 89 号的张阿姨知道哇啦，"薛静芳脱下舞鞋，就光着脚走向客厅，一屁股坐在沙发上，神秘兮兮地说道，"她家儿子和媳妇昨晚打架了，把 110 都给招来了，今天开始闹离婚来。"说完，翻了翻眼皮，端起茶几上的水，一饮而尽，嘴里嘀咕着："渴死我了，出去竟然忘记拿茶杯了……"

"这有什么啦，你的女儿和女婿昨晚不也吵架了，只是没有把 110 给招来而已，就差把我们这一把老骨头给折腾死了。"苏源翻着报纸，头也不抬地说道。

薛静芳一愣，眼珠子在眼眶里滚了又滚，啪地拍了一下苏源的肩膀说道："你这老头子，怎么说话呢，我们那是吵架哇，那只能算是争执，因同一件事情观点不同而引发的争执……"说完，眉毛挑了挑，一副死猪不怕开水烫的样子。

"呦，争执？"苏源终于抬起头，翻了翻眼皮，调侃道，"人家的叫吵架，我们的就叫争执，老太婆，我觉得你还挺文艺，挺会来事的……"说完，嘴角往上一扯，冷哼一声，继续看他的报纸。

"反正又没有人知道我们家昨晚也吵架了……"薛静芳被老伴这么一嘲讽，本来就跳舞跳得满面通红的脸更红了，嘴里嘀咕着，坐在沙发上发呆。

良久，她似又想起了什么，朝涵涵的房间瞄了瞄，然后朝苏源这边挪了挪，凑近身子小声说道："你知道张阿姨家为什么吵架吗？说出来你也许不信。"

薛静芳没事总喜欢东加长西家短的，关心别人的事比自己的事还积极。苏源继续翻着报纸，本不想搭腔，但想想不搭腔的后果可能比搭腔的后果还要严重，他索性盖上报纸，抬起头，不冷不热地反问："为啥？和你有关系哇？"说完，白了薛静芳一眼。

"嗳，你别说，这事还真的和我们家有点关系咯……"薛静芳急急地解释道，她才不管苏源那一副嫌弃自己的样子，身子又往他身边靠了靠，捂住嘴巴，轻声说道，"他们也是为了孩子小升初的事情呀，张阿姨的那个媳妇哦，那闹头势哦，比我们家子美厉害多了，竟然搞得她老公没办法，直接报警。后来警察来处理，但这是家事啊，警察来了有用哇？真是的，结果搞得整个小区都知道了，丢人啊……"

"为小升初？"苏源语气里明显有了好奇。

"对啊，就是为了和涵涵一样要一个市重点初中的名额，"薛静芳看到苏源搭腔，她就搭起架子来了，"你说和我有没有关系？和我们有没有关系？"边说边晃脑袋，嘴皮子上下翻动，你根本就拿她没办法。

苏源有时候就是看不惯薛静芳这种装腔作势的样子，白了她一眼，双手一拍大腿，屁股一抬，从沙发上站起来，一副要离开的样子。

"喂，喂，喂！"薛静芳急了，一把拉住苏源的衣角，板着脸嗔怪道，"你说你这是什么臭脾气，子美就像你，直板板的，一点也不柔软，我就不喜欢你这点。"

"我也不喜欢你这样啊，要说就说，非要摆出一副爱说不说的样子，你当你18岁啊，还欲说还休？"苏源也不客气地嘲讽道，双手背在身后，别过头，下巴微微上扬，很傲娇的样子。

薛静芳太了解这个和自己相处了四十几年的老伴了，要面子的主，当惯了领导，面子就是尊严，比命还重要。

"好，好，好，"她扯了扯苏源的衣角，低声说道，"我错啦，还不行吗？"

苏源冷哼一声，气呼呼地坐了下来，又拿起沙发上的那张报纸。薛静芳知道他是装装样子的，实际上是等着她的故事呢。

"其实呢，我和这个张阿姨也不熟，她不是和我们一起跳舞的，是她隔壁的钟阿姨和我很熟，我们在一起跳舞的。今晚就是听钟阿姨说，昨晚只听到张阿姨家乒乒乓乓的声音，吓得她们都不敢去劝架，后来是警察来了才消停了。本以为是什么天大的事情，结果早上一问，就为了孩子一个小升初的市重点名额，差点把家里的屋顶都掀翻了。今天一大早，两个人又吵起来了，说是要去民政局离婚。这下倒好了，张阿姨的老公血压飙升晕倒了，这场闹剧才暂停，一家人急匆匆地将人送到医院，现在还没有回来，也不知道人怎么样了……"说完，薛静芳叹了一口气，明显能感觉到她内心那种被感染的情绪，眼睑低垂。

"怎么？又想到我们的孩子啦？"苏源一针见血地问道。毕竟是生活了几十年的老伴，从一个神情和动作就知道对方心里在想什么。

"唉……"薛静芳哀怨地瞥了一眼苏源，担心地说道，"可不，昨晚你又不是没有听到，他们两个差点就闹崩了，要不是程浩这孩子脾气好，就我们家子美这臭脾气，估计你现在就不是坐在这里优哉游哉地看报纸咯，弄不好和张阿姨家的老伴一样咯……"

"嗳，我说你这老太婆，这不是诅咒我早点死吗？"苏源听了很是不舒服，直接怼了回去。

"唉，"薛静芳又深深地叹了一口气，"如果程浩搞不定这件事情，以子美好胜的性格，这战争是很难消停的呀……"说完，她摇了摇头，一副无奈又生气的样子。

"嗳，老头子，你说你有没有办法啦？"薛静芳突然想起了什么，刚刚还低垂的眼帘一下子抬起来，瞪大眼睛看着苏源，又提醒道，"你可是老一辈的教育工作者，你想想你的那些学生们，有没有在教育方面有成就的？或者一些混得好的学生？"

"胡扯，我能有什么资源！"苏源生气地阻止道。

"哟，"薛静芳从沙发上站起来，走到苏源面前嘲讽道，"太谦虚了吧，我的老校长！谁不知道您这么多年，那可真的是桃李满天下啊，随便找一个政府部门的官员，弄不好就是您当年的学生。走在路上，搞不好碰到一个人过来就称呼您一声老师。您说您这算不算谦虚呢？"

被薛静芳阴阳怪气地说了一通，苏源的脸又黑了，没好气地说道："我说了没有资源就是没有资源，你干嘛那么多废话！"

"嗳，你这老头子，不就是拉不下你这张老脸，怕被学生拒绝呗！"薛静芳也被激怒了，边说边把手指戳在自己脸上比画，"但你要知道，比起你的这张老脸来，涵涵的这个名额好好叫重要了好哇。你看人家陈阿姨的老伴，退休前是环保局的局长，也是两袖清风嘛，但是人家为了孙女能进市里最好的小学，拉下老脸，求了很多人，终于搞定了这个名额。"说完，眼睛瞪着苏源，气呼呼的样子。

"那是人家，不是我，人家老脸值钱，我的老脸不值钱。"苏源向来不喜欢被比较，这一下可好，气得他吹胡子瞪眼，在那里大吼。

"是你的老脸太值钱了，我们家涵涵受不起！"薛静芳气急败坏，恶狠狠地怼了回去。

"你！"苏源噌地从沙发上站起来，嘴巴张了张，没说话，气呼呼地走进了房间，随后砰的一声，房门被摔上了。

"妈，你们吵什么呢？"苏子美拖着疲惫的身子打开了家门，"刚进楼道就听到你们两个人的声音，就不怕吵到涵涵做作业嘛。"

薛静芳看到女儿一脸抱怨的样子，刚刚还绷紧的脸立马堆满笑，柔声说道："哦，子美回来了呀，吃饭了吗？要不要妈妈帮你把饭菜热一下？今天特地煮了你爱吃的红烧排骨呢。"说完，急匆匆地走向厨房。

"不用了，吃不下。"子美放下包，有气无力地回应道。

今天，她真的是太累了。那种心被伤透又掏空的感觉让整个身子都处于空乏状态，一下午如行尸走肉般地在银行办事，硬是把一件反感的事做成有趣的事。

"怎么啦？不舒服哇？"薛静芳紧张地跑过来，把手放在苏子美的额头上。

"没有啦，"苏子美眉头一皱，不耐烦地推开了薛静芳的手，随后边朝涵涵的房间走去边叫道，"涵涵，涵涵，妈妈回来了，你作业做完了吗？"

薛静芳失落地垂下手臂，然后默默地走进厨房，准备去切今天刚买的西瓜。

"你到底是怎么回事啊？是不是昏了头？"突然从涵涵的房间里传来苏子美的怒骂声，紧接着是涵涵哇哇大哭的声音。

薛静芳一惊，刀切到了手指，鲜血瞬间冒了出来。她顾不得这些，急急地从厨房奔向涵涵的房间，叫道："又怎么了嘛？"

房间的地上，几张试卷胡乱地躺着，苏子美双手交叉在胸前，双眼瞪着涵涵怒吼道："你说，你说，你最近到底在干什么？"

涵涵哭得上气不接下气，但不敢不回答妈妈的话："妈……妈……我不是，我不是……故意的……以后，我……我会……考好的……"说完，哭得更伤心了。

"以后？"苏子美用手猛地一推涵涵，大叫道，"还有以后吗？你以为你还有很多时间能浪费啊？"

涵涵一个趔趄，差点摔倒，好在薛静芳眼疾手快，一把扶住。

"你发什么神经啊？一回来就骂孩子，有你这样的妈妈吗？我看你是鬼上身了！"薛静芳对着苏子美骂道，随后轻轻摸着涵涵的脑袋，柔声安抚道，"来，乖囡，我们不哭了啊，擦干眼泪，奶奶带你去吃西瓜。"她边伸出手擦涵涵脸上的泪水边揉着他的肩膀往外走。

但是涵涵不敢走，肩膀不停地抽动着，眼睛偷偷地瞄着苏子美的脸，瘪着嘴，委屈的眼泪又流了下来。他真的不知道自己的妈妈最近怎么了，怎么会变得这么可怕，难道真的像同学们说的那样，女人到了一定的年龄就会得更年期综合征？还是因为自己的小升初学校？昨晚在睡梦中隐约听到爸爸妈妈的吵架声，后来连外婆外公都被吵到了，他们吵得很厉害，好像就是因为爸爸不能帮自己争取到一个市重点初中的名额。刚刚做作业的时候，听到外公外婆好像也在为自己的这个名额操心。

"妈妈，"涵涵抽泣着说道，"我，我不去，不去市重点……初中了……"

"你给我闭嘴！"苏子美直接打断涵涵的话，突然像发怒的狮子一样嘶吼道，"你说不去就不去啊？你凭什么不去啊？你凭什么就这么简单地说放弃？你怎么这么没有想法、没有进取心？还没有尝试就要放弃？我是怎么教你的？你说？啊！"

涵涵从来没有看到过这样疯狂的妈妈，吓得直往薛静芳怀里躲，连哭都不敢哭，直在那里发抖。

"要死了，你疯啦！要吓坏孩子了呀，你这个不要命的孩子啊！"薛静芳哭丧着脸叫道，她实在想不通就一个小升初的名额，竟然让自己的女儿变得如此疯狂。

苏子美看着躲在薛静芳怀里如筛糠般抖动的涵涵，心头很痛，自己深爱的儿子，怎么舍得啊？但是一想到吴璇那炫耀的语气，还有潘悦那种高高在上的傲慢，心里也是疼痛难忍，这种被别人看扁的痛远远比看到儿子哭泣的痛严重。她困难地咽了咽口水，看了一眼涵涵一双如受惊小鹿般的眼神，在心底默默说道："孩子，对不起，为了你的未来，原谅妈妈的残忍。我不敢现在对你太仁慈，因为将来没有人会对你仁慈。"

"妈妈，对……对不起……"涵涵看着依然怒视自己的妈妈，怯怯地认错，不管怎样，他还是能明白妈妈都是为了自己好。

"对不起有什么用！你以为一句对不起就能解决你考得一塌糊涂的成绩吗？"苏子美看到地上那些醒目的数字又上火了，右手指着地上的试卷吼道。

随后话锋一转，语气来了个大转弯，细声细语说道："不过你倒也蛮有自知之明的，考试考成这样嘛，别说市重点，一般的学校都不会要你的咯，对哇？"

涵涵低着头不说话，薛静芳看到一张试卷上红笔写着 89 分。

"哎哟，不是蛮好的嘛，你干嘛非要大呼小叫的。"薛静芳边说边用一只手捡起了地上的试卷。

"妈，您懂什么啊？这可是数学啊！是涵涵最拿手的数学啊！他一般都是满分的呀，现在连 90 分也不到，您说蛮好的？您能不能在我管儿子的时候不要来瞎掺和啊！"苏子美气急败坏地叫道，边叫边挥舞着双手，从她的言行中能感受到她就是要再次爆发的火山。

薛静芳瞄了瞄一声不敢说话、肩膀不停抽动的涵涵，淡淡地说道："一次没考好又不代表什么，你何必在乎那么多？心脏都有快慢起伏，更何况成绩呢？有个起伏还不正常啊，你那时候读书不也是……"

"妈！"苏子美一跺脚叫道，"您在孩子面前讲这些有意思吗？"

"怎么没意思！"苏源的声音突然从房门口传来，"怎么？一次成绩就能代表一个孩子的能力？我做了那么多年老师都不知道这个嘛，今天你倒给我上了一课。"

苏子美被父亲冷不丁地嘲讽了一通，一下语塞。

"再说不上市重点初中又怎么了？难道以后就没有出路了？怎么到你这里，上不了市重点孩子未来的人生就毁了呢？这么多孩子，市重点又有几所，每个人都去上市重点，其他学校还开办干什么？我看以你的观点，以后国家的栋梁都在市重点学校出现咯？你说，你也是一个受过高等教育的人，怎么思想就这么狭隘呢？"苏源咄咄逼人，他实在是生气啊，刚和老婆子斗完嘴，自己还没有好好停歇一下，就听到外面大呼小叫、哭天喊地的。

"爸，您思想太腐朽了！"苏子美冷冷地反驳道，"如果您多和您学生潘悦联系的话，您就知道您现在和我说的这些话是多么的浅薄和无知。"

"你！"苏源怎么也没有想到女儿会搬出潘悦来打击自己，看来她对自己当年的那个选择还耿耿于怀。

薛静芳看到苏源脸色铁青，神色落寞地离开房间，她对着这个说话得理不饶人的女儿，手指戳了又戳："你呀，你呀，你这个小姑娘怎么这么不懂事啊，总有一天把你爸爸给气到心脏病发作。"

苏子美低着头不作声。其实她知道这样做很不对，特别是对自己的父亲，他对自己除了养育之恩外还有另一种感情，这种感情是一般父女没有的，那就是她是由父亲一手带大并教育的。那几年妈妈忙着做生意，根本没有时间尽一个母亲的责任，都是父亲照顾自己的生活和学习。

自责莫名涌了上来，盖住了苏子美刚刚的怒火。

薛静芳看看苏子美情绪似乎控制住了，对她努努嘴，示意自己有话要说。

"涵涵，乖囡，不哭了啊，奶奶给你去拿西瓜，你好好写作业……"薛静芳拍了拍涵涵的肩膀，柔声说道。

涵涵怯怯地瞄了一眼苏子美。

苏子美对着他点点头，然后走出房门。

云间笔会
2023

散　文

章绍岩

从郁氏老宅走出来的涵官

　　松江中山西路有铭牌的郁氏老宅，20 世纪 40 年代走出了一位叫涵官的大学生。在名字后缀上个"官"字，是当年老松江人对男孩的昵称，有爱，也有期望。涵官聪慧，据说当时被三所公立、两所私立大学同时录取。最后，他选择了国立中央大学。松江，当年隶属江苏省，本乡本土；上海，十里洋场，他说不是读书的好地方。涵官唱着"长亭外，古道边"进学堂，毕业时已唱"解放区的天，是明朗的天"了。

　　怀着工业兴国的宏愿，他奔赴长春第一汽车厂。当第一辆解放牌汽车驶出厂门时，因他技术精湛，即被调往富拉尔基第一重型机器厂。数年后，还是因技术精湛，他带着部分技术人员内迁，在四川德阳建第二重型机器厂，任高工。

　　二重厂在德阳可是赫赫有名的大厂，时不时有加长平板大货车拖载着几百吨的大家伙驶出厂区，机器上还往往扎着大红绸带，街上众人围观，评说着，笑着。厂里年轻人依依不舍地将其护送出厂门，而他，总设计师，涵官，只是隔着办公大楼玻璃窗，默默地送"闺女"出嫁。

　　岁月如梭，学机器，用机器，造机器，一辈子奉献给了机器。实在忙，竟在工作 10 年后才第一次抽闲回松江探望老娘，带着长春娶来的媳妇，媳妇第一次登门认婆婆。街坊健在的老辈,笑夸:"涵官回来了。"老娘噙泪抚摸儿子:"涵官,你回来了。"

从富拉尔基一同过来的老人,一个又一个先后走了,仅剩下他和老刘,老刘还患有阿尔兹海默症,不认人了。他孤独就玩起了电脑,把儿女们废弃的台式电脑进行重新组装,无师自通,能用,竟然还能玩得溜溜转。他说"老人还可以废物利用",他教外孙女、孙子学电脑,竟然培养出了两个电脑工程师,正在留洋深造。

按说够幸福美满了,老妻是高级会计师,儿子是注册建筑师,女儿、女婿也都是二重厂的高工,但全家人还是要看老头的脸色。他连电脑也不玩了,说明在生闷气,全家人就要格外赔小心了。只有他老妹每年从松江过来探亲,他才话多,操着实在不敢恭维的松江普通话,把"小郁"叫成"小鱼"。知道妹妹爱旅游,为妹妹介绍各地名胜,如曾亲临其境,实质从未去过,凭借电脑,秀才不出门,便知天下事。新旧时代,他似乎无事不晓,儿子夸他能"无缝衔接"。

他去图书馆,借侦探小说、推理小说。他说馆藏的我都看完了,于是少去了,当然也与年岁有关。他开始嗜睡,头脑还是很清楚,但精力衰退了。他走了,从松江出发,东北西南走了一辈子,累了,歇了,享年92岁。

整理遗物,发现一张他手绘的松江地图,黑墨水画着中山路十里长街,小巷里弄,竹竿汇、菜花泾、秀野桥、大仓桥、花园浜……一一标注;中山西路钱泾桥旁的郁家老宅,特地用浓墨标出;红墨水补上了新松江的扩容,有地铁、大学城、广富林、泰晤士小镇……老妹居住地,他特意加画了圈圈。游子思念故土,让人泪崩。

忆任老参加的一次盛会

没头脑和不高兴之父任溶溶先生走了，哀悼，怀念。

那年校庆，我们邀请了50位作家来学校讲文学、谈读书、话写作。

2007年12月5日，时值深秋，初晴，碧空如洗。枯黄的草坪让阳光一扫，透着金色。栗色的小圆台、乳白色的塑料椅、五彩的遮阳伞，像雨后草原上的浆果蘑菇。穿短裤的英俊少年和穿短裙的清纯少女——学生服务员，宛如小天使，穿行着端送咖啡。每张圆台限坐作家一位，余座坐满了渴望与作家交朋友的稚嫩的学生。没座位的学生，就席地坐在草坪的空隙处，满眼的校服就像星星簇拥着月亮。老师围着大草坪三三两两随意站立，看着欢乐的学生，感染着欢乐，如彩云飘浮在星星旁边。

盛会不设主席台，不摆席卡，一张临时搭建的简易木台，一部扩音器，仅供讲话者用。没司仪，没主持，需要时，我台上台下串联一下。一切自在、宽松、随性。

作家和学生的促膝交谈被打断了，作家、理论家张锦江先生率先登台，他激情洋溢，中气十足："这么好的氛围，真是种享受，谢谢学生对文学的爱，谢谢老师的培育。没有请领导先上台讲话，首闻首见，校庆这么办，第一首创，我为你们竖大拇指！"

我即兴接话："在孩子们眼里，作家是森林中的大树、会变的孙悟空、牧场上的奶牛。孩子们早就想看一看、摸一摸活生生的作家了。"

全场笑声飞扬，有作家在下面高声插话："我们可要多产奶了。"

儿童文学作家沈碧娟上台接话："和火焰接近，自然就会热烈；和冰雪接近，自然就会晶莹；和文学接近，自然就会儒雅。我还要说，和孩子们长期接近，自然就会让自己的心地澄净透明。谢谢孩子们！"

《文学报》主编陆梅说："阅读有时就像旅游，可以走得很远。"

辫子姐姐郁雨君接过话筒，风趣地自我介绍："我是个梳麻花辫子的人，辫子老长老长老长，已经超过了腰啦；是个眼睛和嘴巴都很大的人，笑起来要露出8颗以上牙齿；我是个喜欢想入非非的人，不管夜里白天老是做梦呵做梦。"她动情地说："让无数天使般的孩子环绕在我和作家们的周围，让我深深感到为天使般的孩子们写作的幸福和快乐。"

我调侃自己说，我可是投了三次稿，都被退回来了，剥夺了我为孩子们写作的幸福和快乐。

没想到自称"米老鼠比我小几岁"的儿童文学巨匠任溶溶轻捷地抢着上了台。任老头发白了，牙齿落了，却依旧声音洪亮，脑子好用得很。他上台就向台下的编辑、作家们深深一鞠躬："谢谢诸位，文坛已经很挤了，多一个少一个无关紧要，而你们为孩子们留下了紧缺货——一个好校长。"率真、睿智、有趣，对生活充满了爱的老头，让人爱死了，台下掌声雷动。届时，先生已84岁。

老作家任大星，他侄子作家任哥舒，作家、博士唐池子，月光少女系列作家张洁，中国动物小说大王沈石溪，《儿童时代》主编孙毅……都相继发了言。松江区文联领导、作家许平，作为东道主帮着招待客人。秦文君参加了半程，匆匆赶往崇明，参加另一所学校的活动。叶辛因上海市作协有会请假，没能来参加。他们都为学生留下了签名本。

各班级迎一二作家回教室座谈，幸福洋溢。没想到任老在学校老师陪同下又找到了我："外国语学校，赠一些我的翻译著作。都是小开本、小儿科，哄哄孩子。当然，也哄哄我自己。"《闯祸的快乐少年》《骑士降龙记》《吹小号的天鹅》《柳树间的风》《阿丽萨外星历险记》《铁路边的孩子们》《想做好孩子》《假话国历险记》《金钥匙》，真是"把一套儿童文学译丛做得有些浩浩荡荡"。

时隔仅几日，接任老亲笔来信："衷心感谢您让我参加盛会，有机会和年轻朋友谈心，您让美丽的学校充满书香，您才思敏捷，语言有味，希望写书，让书香更加馥郁。"

先生不需要戴法兰西小帽、摇折叠扇来装深沉，他没有浓墨重彩的话，却语有真情任翕张。《内经》说："以恬愉为务，以自得为功，形体不敝，精神不散，亦可以百数（活到百岁）。"

百岁老人在天堂还在为孩子们说着故事。

方崇智

从小站到远方

——读钱明光先生《小站与远方》有感

钱明光，笔名日月光。因其名，很容易联想到其人和其文。

钱明光在松江是名人！这个"名"，不仅因为他经历多，担任过的职务多，更重要的是他的性格使然。我和他交往数十年，从未见他愁眉苦脸过：他的朋友多，夸张点说，跨界三教九流。他说起话来，常常像脱口秀，引得大家忍俊不禁。有一次朋友聚会，有人笑他普通话太差劲，他立刻说："大家客气点好哇？教我普通话的方老师就在这里！"引得大家哈哈大笑！原来，20 世纪 80 年代中期，松江抽调一批干部，送到松江二中上文化课，准备参加高考，培养后选拔重用。我和他正是在这样的机遇下，做过几个月的师生！

钱明光其人，若用一个词来概括，就是"阳光"。眼下，他虽然已届古稀，但还像个大男孩似的有着阳光般的心态和热情。我总觉得，这是一种很珍贵的个性。因为阳光的人，往往都是襟怀坦荡的人，而襟怀坦荡的人，现在特别珍稀！

钱明光的人生丰富多彩。早年是学生和知青，后来被选拔为干部，曾在团县委、镇党委，以及区委宣传部和《松江报》等单位担任过领导职务。

《西游记》里有一段很精彩的描写。孙悟空和二郎神杨戬斗法，孙悟空七十二变，最后变成一座小庙，可惜尾巴无处安放，只能变成一根旗杆，矗立于庙后，结果被二郎神识破。我感觉，钱明光的人生尽管"七十二变"，但有一点是始终不变的，就是他跟文字的情缘，以及他对文学的热爱。当知青时，他就是"土记者"，要经常写文章；成为干部后，写作更是必不可少的工作任务。难能可贵的是，退休以后，他依然乐此不疲，笔耕不辍，而且不断进取、不断攀登，这就使人肃然起敬了！

热爱文字、钟爱文学，这就是钱明光始终不变的那根"旗杆"，或者说，是他人生不可或缺的一部分！

曹丕曾在《典论·论文》中说："盖文章经国之大业，不朽之盛事。"这种期望，对普通人来说，是太过奢侈了。然而，普通人写文章，也应把它当作一项庄重的事业，这样才不辱没为文之义！

近年来，钱明光汇编成册的散文集一本两本又三本，这本《小站与远方》更是尽显他的勤奋和对文学的情怀！仔细研读，你会发现：他是在一步步地前进、一步步地登攀，从而进入一片又一片新的天地。开始，他主要写乡土民俗，以写实为主；后来，他逐渐叙事写人，擅长选材提炼、渲染勾勒；再后来，他渐渐写出了人的情思和命运，使文章有了神韵。写法，则愈来愈写意！

我深信，钱明光在为文时，已经摆脱了名利的羁绊，在写作上正在成为一个自由的人。钱明光的创作，已经达到了一定的境界！

记得在当语文教师时，我曾改过他的文章，而他在当《松江报》总编时，也曾改过我的文章。文学，是一片广袤而浩渺的海洋，而我们只是这海滩边的泳者。

愿我们，每个从小站出发的人，都能到达梦中的远方！

一本写给松江的书

——读邢砚斐《散栎集》有感

邢砚斐先生散发着纸墨芬芳的新书《散栎集》放在我的眼前，认真恭读以后，引发了我联翩的感想。

首先，让我想到的是：文品和人品。

对邢先生的人品，我是极力赞扬过的。仅举一例：他在中山小学就读时的班主任兼语文老师故世以后，他每年 3 次去墓地祭扫，至今已坚持了 30 年。可见，他是怎样真诚待人。而邢先生的文章，跟他的人品一样，有一个突出的特点——真。这包括文章内容的真切、翔实和为文态度的真诚。

其次，让我想到的是：他对读书和写作的坚持。

记得数十年前，我曾在《解放日报》上刊登过一篇《思想的火花》，其中一段是这样写的："自然界有两种力，给人的启示至深。一种，是蚂蚁啃骨头的力量；一种，是滴水穿石的力量。前者，是力量联合的范例；后者，是力量持久的典型。"邢先生在学习（读书）和写作方面，正是这样。多年来，他发扬滴水穿石的精神，毫不张扬地读了大量的书，甚至包括《易经》这类典籍。他自谦只读到小学五年级，可我知道，他就读的班级，是全国的语文教改实验班，而班主任兼语文教师何新霞，是当年赫赫有名的优秀教师，后来从松江调往北京编写教材，并被评为特级教师。邢先生其实是有很扎实的语文基本功的。巧的是，我当时（20世纪60年代初）是松江县教师进修学校的语文教研员，经常去中山小学调研和听课，所以很了解这个班级的教师和学生。

邢先生的文章似乎很散，书名也自称《散栎集》。由此，我不禁联想到一个人——郑逸梅。郑是现当代文学史上的著名人物，号称"补白大王"。我和郑老曾有过一面之缘：那年，我的老同学谢则林在上海市陕北中学担任教导主任。有次我去拜访他，谢指着对面一位满头银发的老者对我说："他就是名气很大的郑逸梅，现在负责学生语文学科的早自修。"邢先生的作品中，有许多关于松江历史文化和民风民俗很珍稀的内容，难能可贵。在古玩界，有个术语叫捡漏，是指把别人疏漏的珍贵之物，发现并收入囊中。由此我想，郑逸梅先生是中国现当代文学界的"补白大王"，那么邢砚斐先生能否称为松江历史文化、民风民俗的捡漏者呢？

邢先生的《散栎集》看似十分松散，实际上却凝聚成一个字"爱"。他爱自己的母亲，也爱自己的家乡。因此，他的文章，无论是写人、事或物，始终围绕着一个中心：家乡松江。他在《自序》中的最后一句话是："谨以此献给百岁母亲，献给家乡松江。"

我想，《散栎集》无愧为一本写给松江的书。

汤炳生

主内的钱，主外的钱

我小时候邻居家的男主在浴室工作，夫妻俩有两个儿子两个女儿，一家六口就靠他每月不到 40 元的工资支撑着日子。我有时会听到男人们常说的那句话："女人的钱千万别去动它！"我纳闷："女人的钱怎么了？！"一次，我见邻居男主发了工资在交给他女人的时候说："我烟酒钱拿了，其余的都在这里。"至此我明白女人的钱是开伙仓的钱，紧巴巴的，要看看算算用用，如果哪一天计划出了纰漏没等到男主发工资，就会舌头舔不到鼻头了。女主操持家务，日常开销她心中有数，也不会有太大出入，即便要添置四季衣服也在计划之内，会早早地从牙缝里挤出来的，何况孩子们也习惯了阿大穿新衣，阿二承旧衣，阿三穿的破连肩，阿四总穿八卦衣。那时候家家户户如此，兄弟姐妹间没什么可争论的。孩子的鞋破得大脚趾快探出头来了，做娘的就早早地将那些破旧布料用糨糊一层层地糊起来做鞋帮和鞋底备用，再翻箱倒柜寻找出以前制衣用剩的布料，看看做鞋面是不是合适；去菜场买菜，篮里放了杆秤，与摊主一阵讨价还价后还怕摊主做手脚扣斤压两，便用自己的秤称一称……女人的钱就是这么筋上刮刮、皮上刮刮省下来的。家里如应酬人来客往、婚丧喜庆、更新一些不可或缺的物件，或如女主家小我 4 岁的大女儿上学等，女主纵有再大的心理压力，也不会向男主另外要钱或让他省下烟酒钱以解燃眉之急，她不会。她觉得这样会过意不去：你想想，男主三天两头的下河赶网，吃不完的小鱼小虾时常会分送一点给左邻右舍，邻里们也常会回馈那份情意。余下的小渔货煮熟了晒干，成了冬天的下饭菜。秋后，他会拿了麻袋搐着拉拉扒去马路两边的行道树下，将各种枯黄的落叶扒回来晒晒干当柴烧。她一直认为男人的钱是解乏用的，是男人们之间穷开心时用的。每逢家里要花大钱，女主便会向街坊邻居坦言自己遇到的困难，发出邀会邀请（一种民间互助的形式）。那次她邀约了十多个人，每人每月出两元钱，头会自然是女主使用，余者抓阄，按抓到的月份收会。她用这未来的钱办眼前的急事，也属那个年代的特殊。

有人说，一个家庭如把女主比作后勤部长或内务部长什么的，那男主就是总理兼外交部部长了，若把这内外两个"长"都当好了，内无后顾之忧，外呈祥和之气，温馨和幸福自然会找上门来。于是我信手为此小文拟题为《女人的钱，男人的钱》。后来，想想此题失之偏颇：女主勤俭持家精打细算过日子，那是"做人家"；男主周旋于外，哪怕事情再小也要讲究个情面、场面、台面，那是"做人"，可以让家处在良好的环境中。其实主内和主外和是男是女没有关系，何况现在的社会，那些大公司、大企业的女老总多了去了。不管是家庭或企业，如把"做人家"和"做人"都处理好了，换来的自然就不用说了。

于是就有了本文现在的题目。

景青

苏东坡与杭州

　　每次到杭州，西湖不可不游，游西湖苏堤不可不走，而徜徉于苏堤观赏湖山美景时，便很自然地怀念起苏东坡这位旷世奇才。

　　苏东坡与杭州有缘。宋神宗熙宁二年（1069），35岁的他调任杭州通判（太守助理），开启了他一生中最快活的日子。杭州不仅有山林湖泊，有繁华的街衢、宏阔的庙宇，有美女诗歌，有江南轻松愉快的生活，还有美若西子的西湖。当时的东坡在诗词才学等方面已经名满天下，杭州人也喜爱这位官员冲天的朝气、潇洒的神韵和宽广的胸襟。杭州的山川风物之美赋予他灵感，温柔的魅力又浸润了他的心神。杭州赢得了东坡的心，东坡也赢得了杭州人的心。上至达官贵人，下至贩夫走卒，人们嘴上总是叨念着"苏东坡"这个名号。一位地方官能得到治下百姓的如此拥戴，足见其为人、为政、为文、为诗等方面达到了何种高度。

　　通判也可算个闲职，工作量自然不比太守重，这更使他如鱼得水。自然之美在杭州随处可见可游，他的足迹不仅仅局限于杭州城或西湖等地，即便是杭城四周十里二十里的胜景之地，都成了他经常出没的场所，每每忘情于杭州的山山水水。在他眼里，清风明月本无价，近水远山皆有情。那时的杭州共有360座寺院，而且大都建在山上，游一座寺院，与山僧攀谈常常要花费半天乃至一天的时光，而东坡乐此不疲。至于如西子般美丽的西湖，更是他的心头好，任职3年无数次游览西湖。他充分参与湖上生活，有时与好酒的同僚共游，有时携妻儿同游。多才多艺的他交游广泛，即兴作出的诗词，巧妙华美，合规中矩，自然飘逸，使人一吟难忘。

然而，3年杭州通判的生涯很快就结束了，东坡怀着依依不舍的心情惜别杭州。元祐四年（1089），时年53岁的他以龙图阁学士的身份再次来到杭州，这回他是以太守的身份知杭州。然而眼前的西湖已今非昔比，杂草丛生，淤泥满湖，湖水几近干涸，他曾经吟诵过的"水光潋滟，山色空蒙"之美景已不复存在。面对西湖一片衰败的景象，他不禁悲从中来。赴任伊始就下决心要治理西湖，于是他向朝廷打了报告，要求下拨治湖专项经费。然朝廷虽然同意他治湖动议，但没钱下拨，只给了他100张度牒（当时僧人出家的身份凭证）。没办法，他只得将这些度牒变卖获得17000贯钱，作为治湖启动资金，开始了大规模的治湖工程。开工之前，既是书生又是实干家的他考察了西湖周边的环境，并找到了导致淤塞的原因以及治湖方案。他将清理出来的大量淤泥用作农田基肥，使沼泽地变为良田，吸引农民和闲散人员耕作，既让他们自食其力又安定了社会。再是将剩余的淤泥修筑了一条长近3公里的长堤（为表彰苏东坡的治湖功绩，杭州人将这条长堤命名为苏堤），与唐代白居易知杭州时修筑的白堤互为辉映。苏堤两旁也栽花种木，并建造了自南而北依次名为映波、锁澜、望山、压堤、东浦和跨虹的单孔桥梁，既沟通了西湖南北交通，又美化了环境，并广植荷花。每逢春暖花开，夭桃灼灼，绿柳拂堤；六桥起伏，湖面似镜。徜徉苏堤，湖山胜景如诗似画，呈现出万种风情。苏东坡曾以万分欣慰之情作诗纪念西湖疏浚工程的成功："六桥横绝天汉上，北山始与南屏通。忽惊二十五万丈，老葑席卷苍云空。"

耗时3年，满目疮痍的西湖总算又呈现出"淡妆浓抹总相宜"的美景。除此之外，苏东坡还开凿与疏浚河道，畅通水上运输。他冒着被革职流放的风险，灾年为民四处筹措粮食，开仓赈灾，成为杭州真正的父母官。然而苏东坡的任期很快就到了，他带着无尽的留恋，依依不舍地告别杭州，告别心爱的西湖。自此宦海沉浮，苏东坡再也没有到过杭州，自然也无缘再游西湖。但世世代代的杭州百姓永远记住了这位治理西湖的功臣，不仅时常念叨着苏东坡，还为他建造了生祠。他在治湖期间首创的珍馐佳肴东坡肉，也成为杭州寻常百姓家以及餐馆酒店必不可少的一道菜，足见杭州百姓对他的怀念之深！而西湖，也永远映照着这位旷世大文豪的不朽功勋。

朱正安

得休休处且休休

近来我们老人微信群里又传来了一个激动人心的好消息：2023年养老金又要涨了！自然，在一片欢呼声中，也不乏质疑声，甚至有的还义愤填膺，剑拔弩张——高兴个啥，我们企业的涨，人家机关事业的也要涨，还不如不涨！我们涨他们也涨，我们比他们的养老金基数本来就小得多，这不是进一步拉大差距了吗？这养老金双轨制咋就没人管了……

老拙也是从企业退休的，说实话，对养老金双轨制我也持反对态度，还曾多次转发微信对养老金双轨制紧追不舍口诛笔伐的"北京大妈有话说"之类的视频。不过，现在我既不气愤也不关注了。诸如此类的烦心事太多了，就一个养老金问题还有地区差别、男女差别等，你再生气有什么用呢？气坏了身体那可是自己的！

其实我们所处的世界，本来就充满了矛盾，剪不断理还乱，什么事情都不可能符合所有人的意愿，这不——

久旱逢雨，农家拍手称快，出行人诅咒老天没长眼。

盛夏，台风光临，山雨欲来风满楼，种粮、种果、搞浅海养殖的人忧心如焚，城里人却说这下可好了，总算可以风凉几日了。

严冬，暴雪骤降，千里冰封，万里雪飘，旅行者欢呼雀跃，高吼"好一派北国风光"，搞民航、铁路、汽运的人加上政府官员则如坐针毡。

肉价跌了，买肉的快活，养猪的心寒；肉价涨了，养猪的人欢欣鼓舞，买肉的人怨声载道。

跳广场舞的大妈说跳舞是全民健身，广场附近的住户说这叫滋事扰民。

……

总而言之，这世上好像就不可能有尽人意的事情。同一件事情，一些人高兴，一些人诅咒；解决了这一群人的困难，可能就损害了那一伙人的利益。真是横也摆不平，竖也摆不平。可是摆不平你又能怎样？还不是干气没治！所以我就想，与其生气，倒不如听之任之，这对自己身体有好处。

引发我处世哲学转变的因素很多，其中就有微信里许多古人今人、名人伟人有关养生与名利关系的箴言金句，如"知足者常乐""寡欲长寿""名和利生不带来死不带去"等，细细琢磨，让我逐渐看淡了身边的那些俗事、琐事、烦心事。还有阅读，有些书、有些历史故事真的能让人茅塞顿开。如不久前翻阅闲书时就看到了一个典故，让我受益匪浅：相传南宋时期，因外族入侵，朝廷偏安江南，过着骄奢淫逸的生活，可是在同一片蓝天下，老百姓却深受离乱之苦，于是民间便流传着这样一首民歌："月儿弯弯照九州，几家欢乐几家愁。几家夫妇同罗帐，几家飘零在外头？"之后，诗人杨万里将其略作改动并收到《竹枝歌》中。经杨万里改过的这首民歌，前两句未动，后两句被改为"愁煞人来关月事？得休休处且休休"。显然，诗人对处于乱世的百姓是同情的，但他又开导大家，世上本就无绝对公平可言，同一片月光之下也有不同的际遇，你就是愁死了跟月亮又有何干系，倒不如豁达包容些，保持心情的平和。读到这样的诗文，坐下来静静思想，过去的那一股不平之气也就释然了。

其实世上就从来没有也不可能有绝对的公平，我们所追求的公平，也只是相对公平，随着时代的进步和制度的不断完善，相信社会相对公平状况会越来越好的。再回到养老金双轨制问题上，如今企业退休人员的养老金虽然比机关事业单位的低，可与农民兄弟、城镇居民比，那就是比上不足比下有余了，如果再跟改革开放之前比，那就更不能比了。

　　当然，以上只是我个人的想法，绝不敢强加于他人，而且从骨子里来说，我也是巴望着哪一天能与机关事业单位的兄弟姐妹们平起平坐的。不过，就眼下而言，与其让那几个子儿弄得愤愤不平寝食难安，倒不如"得休休处且休休"，快快活活过好每一天，轻轻松松度晚年。你说呢？

钱明光

大自然的恩泽

寒冬腊月的四九天，我们一行在新浜田头观察冬天的作物。白菜已有老叶，青菜开始拔节，大蒜叶尖开始变黄，芹菜直不起腰，唯有蚕豆（由于是深秋下种，冬天生长，松江人把蚕豆叫作寒豆），正朝气蓬勃地向上生长着。这让我们对大自然中农作物的生长规律有了浓厚的兴趣。

如同人们生存最不可缺少的阳光、空气、水是天底下最普遍存在的一样，我们也议论起了天南地北最普遍、最不需要管理、对人类有最大贡献的作物。你看这蚕豆，不用施肥，不用除虫和除草，不用浇水地成长；名贵的蚕豆品种有甘肃的、青海的、广西的、浙江的，可见它分布极广。再看大豆（江南人把成熟变圆、变黄的大豆叫黄豆，把扁的、青色的、嫩的大豆叫毛豆），对人类已经有5000多年的贡献史，以它为原料的食品琳琅满目，豆浆、豆腐衣、豆腐、豆干、干丝、百叶、豆油、豆饼等，人们几乎每天都离不开它，而且从东北到岭南，都有种植。松江军民当初是喝着豆浆抗击清军攻城的，早先的香港人有句名言："我们香港人是喝维他奶（一种豆奶）长大的。"它对人类的作用是那么重要。但，毛豆的种植、管理却极其简单，与蚕豆一样，只要用利器在杂边田、田岸脚凿个洞，把毛豆种子三四粒丢进去，从此以后不用打理、不用施肥、不用打药水，只要不被水淹就会自由生长。

也就是说，蚕豆、毛豆等，基本上不向人类索取什么，却能给人类带来那么大的贡献。

与蚕豆、毛豆类似的，还有荠菜和马兰。它们也是广泛生长，天南地北都有，它们也是不用施肥、不用农药的，而且最可贵之处在于当青黄不接的时候，当大地刚从冰天雪地中缓过气来的时候，它们就出现了，在一片光秃秃的冬景中最早冒出了绿色，于是人们在元宵节吃上了荠菜汤圆，这可是一年中品尝到的最早的新鲜蔬菜了。

我们看着即将拔节的青菜，议论大自然的好多作物都有神奇的再生能力。你看这青菜，老了不能吃了，就会蓄积能量等着过冬，即使冰封大地，它也不会被冻死。四九刚过，它就开始拔节，会长出江南人开春后最喜欢吃的菜苔（上海人叫薹心菜），鲜嫩可口，还可薄腌了与蚌肉、鲫鱼配对，成了鲜美的时令菜。水稻割了，稻根不去耕翻，来年根上会自己长出再生稻，尽管产量低，但中医认为这种稻大补，过去一直是产妇的滋补品。芦粟割了留着根，还会长出晚芦粟，也是很甜的。还有芹菜、韭菜、草头、大蒜、葱割后也会一茬一茬地长出来……

这天围炉煮茶时，我们又兴致勃勃地议论起了药食同源的问题。历史上，好多作物既是食物又是药物，卫生部门颁发的既是食物又是药物的作物就有84种。像马齿苋、蒲公英有清毒消炎的作用，麦芽、山楂有消食的功效，大枣既是水果又能补身体，金银花既可当茶饮又有降体内燥热的功能。好多中药，其实都是人们日常食用或观赏的植物。最典型的是艾叶，不少地方有做艾叶塌饼的习惯，艾茸是中医艾灸的主要材料，艾条点燃可以净化室内空气，艾叶可驱蚊，艾汁不仅是肥皂的成分，而且还有除螨消毒的功效。

大自然赋予人们生存的各种植物，而且时机、地域、营养都配备得那么和谐，几百年几千年地默默奉献着。我们应对大自然怀有感恩之心，千万不能随意破坏它的延续规律。

品茶三思

一

日本有个松江市，原先也叫松江府，在建府 400 周年庆祝活动期间，我们一行去采风，还特地去了老街。一条弯弯的石驳岸河流，一条与河流平行的极其整洁的马路，路一边是一间间日式平顶民居。走进这些民居，主人会说些翻译也听不懂的方言，然后客气地指指客厅的茶具，我们连忙友好地摇摇手。奇怪的是，在马路的近河边，隔一段就会有一间独立的小屋，像是我们这儿的水文监测站。一问才知，这是德川幕府时代的悟道室，他们祖祖辈辈敬重地保存着这些房子。

日本茶道是汉唐时由中国传过去的。悟道室，是战时品茗决策的地方。决策时，关门谢客，一个人或二三人几天几夜喝茶论道，闭门思策，家属、小孩是不能进入的。一旦悟道室门打开，主人就眉头舒展地披挂上阵了。

茶，这提神醒脑的功能可见一斑；茶，这把盏品茗的传统影响至远。

二

现在不少年轻人喜欢喝抹茶，特别是在日式料理店，一边吃日料一边喝抹茶，感觉蛮有异国风情的。我对他们说，这抹茶不是日本带到中国来的，而是中国传到日本去的，他们要么不信，要么半信半疑。

宋代以前，中国人喝茶都是喝抹茶。把茶叶晒干，烘烤到叶片干裂，然后磨成粉，喝时放入些许冲泡。当时的制茶工艺仅限于此，喝茶工序也仅限于此。除绿茶以外的各种红茶、黑茶和半发酵茶的制作方法，都是宋以后逐渐形成的。陆羽的《茶经》仅局限在品种、栽种技术、营养和作用、茶道礼仪等方面，还涉及不到南方的茶饼、茶马古道运出的茶砖，而这些倒是运到牧区后敲碎煮着喝的。

现在茶叶的各种分类和冲泡方法，比抹茶时代丰富多了，人们有了更多的细品选择，可以尽情地享受喝茶的韵味。

三

江南人家的雅事是，冲好一壶茶，听听雨，弄弄花，看看竹，抚抚琴，动动笔，赏赏画，享受在怡然自得间。前提是先要冲好一壶茶，茶叶各种各样的，饮法也各异。

但这个传统现在在变：喝咖啡的比例在年轻人中慢慢上升，咖啡店在不断地增多。这1000多年的茶饮文化受到了冲击，一个重要的背景是，这二三十年来，云南的咖啡豆品质越来越好，云南的普洱茶品质越来越纯，它正以价格的巨大优势在全国拓展，如同中国的好多轻工业品，以低得无法想象、无法竞争的姿态进入市场一样。好多咖啡店其实已悄悄在用云南的咖啡豆了，普洱茶因理性的价格也已"飞入寻常百姓家"了。

近日，多位松江籍的云南老知青，退休后在松江开了个云南咖啡、普洱茶体验馆，自掏腰包，不求利益，只展示当初他们出力流汗的地方如今是如何的有张力。他们直销那儿的咖啡豆和普洱茶，对松江的茶饮习惯会带来多少冲击还不得知，对那么多的茶庄和咖啡店营销格局的影响也难以估量。

欧粤

薹心菜

薹心菜是各类青菜长出来的菜胎，松江人又称为甜心菜、菜心、菜苋。

时节一过惊蛰，风软天暖，春雨时飘时歇，各类青菜，如矮脚青菜、本地油菜、白头长脚菜、塌棵菜等，都迫不及待地从菜中央钻出菜胎，然后开花结籽，繁育后代。菜胎的生长速度极快，前一天还没啥动静，第二天就突然发现它已蹿出了寸许。

薹心菜是松江人相当喜欢食用的本地传统蔬菜。惊蛰至春分，是吃薹心菜的最佳季节，主要食用的是矮脚青菜和本地油菜的菜胎，其他青菜的菜胎也可吃，但味道稍逊，不是淡而无味，就是茎秆过硬。

薹心菜以最初长成的最佳，茎秆粗壮而鲜嫩，松江人将它称为第一潮。摘掉第一批菜胎后，青菜还会继续分蘖出新的菜胎，分别称为第二潮、第三潮，其品质就逐级下降。清明后菜胎变硬，开满黄花，就不宜再做蔬菜了。

在薹心菜生长的兴头时，不少农民将一虎口长短的菜胎扎成小捆出售，价格相当便宜，是居民菜篮子中经济实惠的时鲜货，几乎家家都要买回来尝个鲜。居民购回家后可以当作青菜一样炒了吃，烹炒后的薹心菜色泽碧绿，清香扑鼻，口感微甜，软糯细腻，味道比普通青菜要好。作为时鲜货，更多人家的吃法是将菜胎洗净，加盐暴腌，用重物压数小时，然后切成细段，拌绵白糖、生抽、味精，淋上麻油，便成了一道极其清香可口的暴腌菜，有人也称为甜心菜。它保留了青菜独特的清香，又极其爽口，无论早餐佐粥、正餐拌饭均可大增胃口，十分相宜。

暴腌后的薹心菜一时吃不完，也可用作烹饪菜肴的辅料，最常见的有暴腌菜心炒蛋、炒鸡块、炒肉片、炒香肠、炒腊肉，还有红烧鲫鱼等，可以说暴腌菜心是百搭。加了这个辅料，炒出来的各种荤菜便增了香味，提了鲜味，吃起来别有一种滋味。暴腌菜留下的菜卤也是好东西，用它来煮蛋，称菜卤蛋。传统的烹煮方法是将洗净的鸡蛋或鸭蛋放在陶罐中，倒入菜卤，放在土灶的灶肚里，利用做饭后灶肚里的余温将蛋慢慢煨熟。现在土灶没了，只好放在煤气灶上用砂锅煮。菜卤蛋与酱油蛋各有妙处，菜卤蛋因糅进了青菜的元素，清香便成了它独特的优势。

可惜的是品尝新鲜薹心菜的时间太短，前后只有一个多月。在薹心菜收获旺季时，一时根本吃不完，农民便将菜腌在浅口大缸或大脚盆中，用重物加压。三五天后菜心变软了，就将腌菜挤干水分，一层一层塞进小甏中，用木棍把菜挤压得严严实实，不使其中稍有空气，在甏口盖上粽箬、油纸之类，然后用泥巴密封。经过约两个月时间的催化，新鲜薹心菜就质变成了美味的长梗咸菜。

长梗咸菜的质量取决于腌制时盐分的掌握、腌菜手装甏时的技巧手法和甏口密封的程度，每一个环节都至关重要。完美的长梗咸菜色微黄，闻之有香气，咸淡适中，食之鲜中带有微微的酸味。从前，农家少则腌上四五甏，多的要十多甏。凡打开一甏咸菜，看到腌制得比较成功的，农家会把咸菜分送邻里。因为打开了一甏咸菜，一时是吃不完的，时间一久咸菜会变色变味而不可食用。村民相互分送，互通有无，相沿成俗。在物资匮乏的时期，咸菜是农民的当家菜。五六月份茄子、辣椒、豇豆等蔬菜还没有长成，农家一日三餐的主菜就是长梗咸菜。当年有些农妇吃饭喜欢"抬饭碗"，手中夹上几根咸菜，盛一大碗白米饭，边吃饭边到村中各家"话白滩"，是乡村中常见的风俗画。

　　如今仍有部分农民腌薹心菜，但已不用甏而改用小口塑料瓶作为储存器。在农贸市场和乡村旅游景点常见有农民在出售，买回家只要切开瓶子底部，就能方便取出。

陈福康

嵌名自娱

一

　　海上祥光临福宅

　　云间和气度康衢

　　此数年前移家沪郊松江时所撰迎春吉联也，以己名嵌之。"云间"为松之古称，"祥和"乃予居小区名，而"度"又有谱曲之义，"康衢"谣、歌则古有美刺二义，"光临""气度"亦各自成词也。是以斯联虽拙，亦颇用心焉。友人徐俊兄、龚鹏程兄各为予书之。忆及松郡初来，网上时见某友法书，羡而求之，友即漫撰嵌予名联一副，而予则嫌其语欠佳，岂料渠便不说，以此罪而疏焉。予默思之，予名乃先大人所赐，既不喜他人简慢，不如自为之，因而试撰斯类楹联甚夥。今复追记于下，未以时为先后也。

二

　　陈义敦仁子承其福

金浆玉醴身受有康

陈与金为先考妣之姓氏也。虽无家祠以悬此联，父母教诲养育之恩不敢忘也。又，先祖母名讳受金。

三

读史吟诗佳福有乐
粗茶淡饭寿康无忧

是乃予之生活常态也。友人温州大学书法教授朱国平兄为予书之。

四

吟哦便耳边风静是为福也
眠睡能心境水平非即康耶

再戏言予之生活常态也。

五

善气谦光为福之肇
和风好雨乃康所生

此副当改自旧联，然予已浑然不忆矣。

六

德取延和谦则福

功资养性寿而康

斯联殆亦改自成联耶？然今亦已忘却出处矣。

七

自静其心福延寿命

无求于物康长精神

记得是联乃香山翁诗句而予忝添字焉。

八

老自须退闲享福不言世弃

贫居然祛疾蒙康只道天怜

"老自退闲非世弃，贫蒙强健是天怜"，白乐天之偶吟名句也。

九

虽无富贵福泽厚吾之生无碍

但有身心康强成女至玉有欣

张横渠有言："富贵福泽，将厚吾之生也；贫贱忧戚，庸玉汝于成也。""女"即"汝"，又可指家闺女。故斯联虽以自娱，亦宜赠小女焉。

十

世人因见我懒误称福仙也
天帝为怜翁贫微指康道焉

斯乃予之自嘲联也，"道"字假对。

十一

三藏法师双修福慧
九畴洪范独赋康强

是予之伟联自寿焉。盖"福慧双修"出《三藏传》，"身其康强"出洪范书。前者佛教高僧，后者儒学大典也。

十二

语及福禄虽白屋偶作牢骚语
身其康强却苍天偏钟奋斗身

以"奋斗"对"牢骚"，似平庸一生亦未尝消极也欤？

十三

多福人今管葛满壁诗史

大康宅古唐虞全家穆和

人恒有臆想予居豪邸拥书城者，索性借斯联以自傲自嘲。

十四

福由天纵

康逾古稀

四言短对，予亦偶一为之。斯联故命不凡，实以嬉庸流辈也。同事郑新民兄特书卡纸以赠，予更拟示意晚辈制为寿幛焉。一笑。

十五

福宅闲观文史思贤圣

康庄漫步芝兰蕴德华

斯联同嵌浙江师大李圣华教授大名。李兄又请书家漆雕世彩先生两书之，分赠予二人，可感已。

十六

斯生以奉书为福

此老因研史更康

"奉"有呈献、捧读二义。学弟南治国特请新加坡书家孔令广书以赠予。

十七

奇书匿井中福地感通忠义

心史传天下康庄瞻仰圣贤

予专力研究宋遗民诗人、画家郑思肖所南翁,此为访其故迹时所题者。

十八

皂盖红尘非福地应淡看尊贵

青缃素简是康庄必虔谢圣贤

"福地""康庄"为对,又得一联。

十九

惜食惜衣非仅惜财只惜福

求名求利但须求乐更求康

此改自旧龙门对也。海上书家管继平兄、上外同事郑新民兄分别为予书之。

二十

享安福不在当官只要囊有钱箱有米腹有书香便是山中宰相
祈寿康非须服药但能身无病心无忧家无债欠可为地上神仙

斯为旧传成联新修者。一嵌名，二调平仄对仗，三叶通韵，识者鉴之。吾家博士同年兄学超于北美多伦多万里外书以贻予。是以嵌字虽小道，平仄对仗，构意用典，幽趣无穷，益人心智者也。然以己名为之，复又乐此不疲，自不免为高雅所嗤。予亦劳止，汔可小休，不复再记焉。

俞福星

佘山是座高峰

如果我说佘山是座高峰，你听了一定会说，佘山不就百米么，咋就成了高峰，胡扯，瞎掰！

先听我分析一下，再做定论好吗？

松江，乃"上海之根"，似乎已成定论。佘山，作为松江鲜明的地理标志，也应该没有异议！所以松江又被称之为"沪上之巅"。然而，佘山，不足百米，那么矮小，却怎的享有如此名声与荣耀？古人说，山不在高，有仙则名。仙？噢，或许佘山圣母大教堂，可以比喻为仙：菩萨、佛祖、天主或圣母，都类似于仙吧！何况它是"远东第一大教堂"，所以出名不奇怪。

但是，我突然发现，佘山还是一座高峰。据报载，经过历时两年的大规模修缮，上海天文博物馆恢复开放，"远东第一镜""复明"！

我带着好奇心再次登上佘山，尾随游客进入白色主楼圆顶观象塔内，便只有仰脸赞叹的份儿了。

佘山天文台是我国首座拥有大型光学望远镜的天文台，作为我国天文研究中心之一，它一直承载着科研和科普两大功能。天文台内有着123 年历史的 40 厘米口径大双筒折射望远镜也在这次大修中恢复观测能力，让公众有机会再次使用这台百年望远镜探索星空，带来更多沉浸式体验。

俗话说，创业难，守业更难。据了解，自 1901 年起，该望远镜共拍摄了近 7000 张天文照片，包括最早的一批太阳、月球、星云、行星、星系等天体照片，并于 1910 年、1986 年两次记录了哈雷彗星的回归。有"远东第一镜""坐镇"，佘山天文台也成为我国现代天文事业的起点之一，并在 2004 年建成常年面向公众开放的上海天文博物馆。

但是，经年累月，加上山顶水汽侵蚀，"远东第一镜"已经"年老体迈"，难以承担科学探测任务。经过 3 年谋划，2021 年，在上海市科委和松江区的支持下，作为国家重点文物保护单位的佘山天文台修缮工作正式启动。

修缮过程中，为"远东第一镜""复明"是首要而艰巨的任务。镜体需要拆装清洁以及修缮的零部件有 500 多个，修复过程需要对每个零部件发挥的作用非常清楚，最终历经千难万险终于得以使其成功恢复观测功能。

游客怀着喜悦的心情纷纷在 40 厘米口径大双筒折射望远镜 1901 年拍摄的月球表面照片前留影。伴随着一阵机械转动声，修复后的圆顶在技术人员的遥控下徐徐打开，"复明"了的 40 厘米口径大双筒折射望远镜指向天空。在修复望远镜的过程中，百年前的精巧构件让负责望远镜与圆顶修缮的上海天文台光学天文技术研究室主任周丹深刻感受到了科学与人文、艺术的交融。

我突然想到了"佘山了不起"这几个字。佘山虽然不高，但假如从某个角度来看，即从与科学相联系或者说"联姻"的角度来分析，佘山无疑可以算作一座高峰，很少有其他名山能与之媲美。

佘山在松江，作为松江人，我感到骄傲自豪。

冯韬

银杏树下四春秋

我从教几十年，先后到过 7 所学校，少则十几天，多则几十年，每所学校都在我心里留下了深刻的印象，那是怎么也忘不了的啊……

1972 年春，我入职半年后，调到松江县古松公社联益大队学校，在那里待了整整 4 年。

当地的农民并不把这地方叫联益大队，而是叫洙桥或洙桥头。洙桥的得名，有这样几种说法：一说是这个村原先靠着大河，大河的支流穿村而过，村里的河上有座石桥。村民多为渔民，渔民以打鱼捕蚌为生，捕蚌时有时会获得珍珠，就把村里的石桥称为珠桥，后来"珠"转而为"洙"，洙桥这个地名就传开了。

还有一说是明朝皇帝朱元璋得知江南松江府有一处龙穴，今后要出皇帝，将危及朱元璋的皇帝宝座，朱元璋连忙派军师刘伯温前往破解。刘伯温派人在村中央的小河上造了一座石桥，在村南北各建庙一座，切断了龙脉，就将这座桥取名为洙（诛）桥，洙桥就此得名。

这所学校很小，三排低矮的平房组成一个凵形，南北两排是教室。南面一排只有两间教室，中间夹了一间小乒乓室。两年后，在它们的东面新建了一间教室，西侧有一扇小门。北面一排有五六间教室，办公室只有一间，十几位教师在一起办公。西面一排是辅助房，一间是厨房，旁边就是我的宿舍，还有两间充当幼儿园教室。三排房子围住的空地就是学生活动的操场。操场的东面毫无遮拦，来来往往的农民可以从操场东面和那扇小门自由出入。

这所学校历史悠久（据说早在1913年就有了），而且从幼儿园到初中二年级都有（当时，初中最高年级为初二），学生基本上都是本村的，大多只有一个班。

离学校不远处，有一棵植于清康熙年间，至今已有300多年树龄的银杏树。那棵银杏树高有20多米，主干边长了六七棵小银杏树，颇像一位老师带着一群学生。每每看到这棵银杏树，我就想：我要像这棵银杏树那样，带好身边的学生……

这棵银杏树给了我深刻的生活启示：要成为一名优秀老师，就要像这大树一样在泥土中深深扎下根，不停地吸收营养，不停地充实自己，并且要努力向上生长……

银杏树下四春秋，让我明白，要当好一名教师，要提高自己的学识和涵养。

初出茅庐的我知道，要想成为一名优秀的语文老师困难很多：一是自身条件差，"文化大革命"开始时，我才读到初中二年级，尽管经过几个月的师范学院培训，底子还是很薄；二是当时学校根本没有图书馆，整个学校，除了教材以外，能看的书就是我随身带去的几十本；三是社会环境差，读书无用论盛行。但我知道，要成为一名优秀老师，先要从提高自身的文化素养开始，想方设法充实自己。为了使自己的普通话逐步标准，当时在学校住宿的我，每天一早起床，就坐在宿舍里大声朗读课文；晚饭后迈开双腿，走家串户进行家访，家访回来就备课、看书、做摘抄。那段时间，我做过读书记录，仅1974年一年，读过的书就有420本，而我摘抄的大量资料，为我后面的语文教学，提供了可靠的保证。正是这样，我为自己的语文教学逐步奠定了扎实的基础。

银杏树下四春秋，让我明白，要当一名好教师，需做学生的知心人。

那个时代，学生看不到学习的出路，大部分人不爱学习。低幼年级的学生到学校，实际上是让老师替家长管管孩子，不少初中学生到学校就是报个到，等到一放学（那时，最早放学甚至在下午一点半），还要到农田里去干活（女孩子主要是编结帽子）。我深知我无力扭转这种风气，但我不肯放弃，只要一有机会，就苦口婆心地开导他们。渐渐地，学生对学习有了点兴趣。我对他们讲的话，他们也多少能听进去点了；我的课他们也能认真听进去了，写的文章也有点模样了。对学生，我真的熟悉得像自己的孩子，而且还和不少学生家长成了朋友。一个学生突然不来了，我在家访中得知，是因为家里贫困付不起学费（当时还没实施义务教育），我二话没说，掏出口袋里准备买饭票的钱，塞进那个家长手里；看到学生下雨天因雨鞋漏水赤脚上学，我就为他们补雨鞋，最多的一天甚至补过三十几只雨鞋。一次，从学校回家，我路过一家医院，看到一个学生从医院里走出来。一询问，才知道该生放学后参加劳动，由于对插秧机不熟悉，使用时小手指被机器割了一个大口子，要住院手术。我带她到我家里吃饭后，送她回医院，顺便在医院门口给她买了点水果……

我离开洙桥村后，不少学生很长时间还和我保持通信往来……

洙桥村4年的教学生涯，奠定了我一生的教育教学理念。洙桥村的那棵银杏树，成了我内心的一个榜样。我后来在农村一直工作到退休，先后获得过各种荣誉称号，被评为全国模范教师，发表过多篇关于语文教学的文章，出版过多本初中语文教学读物，与在洙桥村打下的基础和那棵银杏树带给我的启发是分不开的。

离开洙桥村已40多年了，除了那些老师、学生和家长，印象最深的还是那棵银杏树。

啊，那棵高高的银杏树，什么时候才能重睹你的风采啊！……

吕六一

一条水边绿道

松江面貌日新月异，不经意间漫步，常常会有惊喜的发现。那天在思贤路通波塘桥上四望，几条水边绿道在柳丛中时隐时现，绵延不断。心生向往，选择东南方的一条走去，风景不凡。

道上空气清润，头顶树荫把阳光调到正好，身边绿植高低参差，脚下的塑胶小径很有弹性，眼望河面视野开阔，正在涨潮，不时有白鹭、灰鹭贴着水面巡航，如此景象自然令人心旷神怡。

前面一片樟树林，树枝争相往高处伸展，浓荫被高高地顶在天空，林间显得清亮通透。东面远远的树丛和鲜花簇拥着一块巨石，上书"母亲林"三个大字，这命名不知是否有故事，但就这片浓荫宽广高耸，默默无闻又引人入胜，夏遮炎阳，冬挡寒风，担得起母亲的形象。树下，小径边，绣球花开得正好，红的、蓝的，朵朵硕大，绵延簇拥，恰如对母亲的深情依恋。

回到水边，继续向南。绿道的一边被围墙挡住，围墙里面不是单位就是居民小区，绿道是被切出来的，是政府的协调，单位和小区的理解，大家共同创造美好宜居环境的结果。河边的围栏纤秀，成弧形略略向外突出，小径显得宽展，也更为亲水。围栏的木质把手光滑舒适，正合成人扶着靠着看景。河边原有的柳树被保留，该是天性吧，柳树一律向着水面，有一棵甚至就横生着与水面平行。硕大粗粝的树身、妩媚轻拂的柳条，显得苍劲而又有生命活力，绿道于是更有内涵。

围墙下，窄的地方，距小径不过一两米，已被精心布置成绿带。同去的朋友，认识一些花草的，赞叹不已。她拿出手机，用"识花神器"一次次辨别：品种真多呀，贴地铺开，小白花密密的是过江藤；白色枝干，愣愣伸展的是水果篮；蓬松如发的是蒲苇；披叶如幽兰，主茎一根，高举花束的是紫娇花……花草边上围墙下，隐隐约约一条浅沟，卵石铺底，添了风景，兼有排水的功能吧。

围墙已被精心设计，看水看月，相得益彰。一处阴刻介绍月亮的圆缺变化和名称，让我脸红：原以为上弦月是弯钩向上，下弦月就是弯钩向下了。到了这里才知道，上弦月是右半月，下弦月是左半月。一查百度，果然，这里纠正了我半个多世纪来的自以为是。又一处介绍"日星月异"，是北斗七星四季位置的旋转变化。这样的展示会引发人们对宇宙、对星空的感慨赞美和探索兴趣的。有几处围墙保留着，或青砖砌就，或石块堆垒，或粗沙涂抹的原生态，让人闪回特定时代的记忆。高速公路桥下的墙面装饰着大幅的风景画，画面被割成条状，一条条呈固定的统一角度镶嵌。你走去，风景恰似给你次第展现，多了一番灵动，射灯打着更是夺目，让你不由自主地欣赏品鉴。

绿道长长，少不了座椅，有倚墙砌就的石座，有公园里常见的木条椅，有亭子盖下团团围着的美人靠，有刻着棋盘的石桌和石鼓墩……

再向南，一条小河挡在前面。绿道向东近百米，过沪松公路桥之后才折回对岸。小河也就十数米宽，这时就想有一座桥该多好啊：平桥、石拱桥，或现代创意的什么桥，既可与绿道风格一致，也可别具一格，大人小孩都会喜欢。方便散步，又多一片景观，一定锦上添花。

心中牵挂，第二天又从中山路向北上了绿道。这里是袜子弄和通波塘河夹着的一块绿地，百年以上的枫杨树排列路边，树干足需两人合抱，树荫遮天蔽日。夏日炎炎，这样的清丽阴凉松爽之地，一眼看到就难以忘怀。树下地形起伏，山石、篱笆、花草树木舒朗精致。这块区域已经数十年打造，一片富家园林风景。空旷处，长椅上，有人悠闲观景，有人闭目养神，有人在听收音机，有人在看书……青绿氤氲托住，一群阿姨在排练舞蹈，个个身着灰色花纹镶嵌的白色长裙，手执宫扇，袅袅婷婷，徐徐进退。神情、色彩、背景、感觉，如临仙境，与眼前相比，再美的舞台也要逊色。

这样的景观还不止一处，人们或锻炼，或舞蹈，或器乐，或先生品茗聚聊，或阿姨小坐闲谈……一支支队伍已将水边场地习惯性地占据分割完毕，却又处处生色，倍添活力。一路走来，笛声脆亮，二胡咽幽，萨克斯振奋，清唱悦耳……水波荡漾，一派歌舞升平。

小径边上有铭牌，介绍说通波塘绿道两岸长约 11.8 公里，松江区公园城市的示范工程，2021 年起改造建设。该是不久前开放的吧，一路走来，景亲、水亲、人亲，令人欣然。

诗人白居易在《江南好》中写道："日出江花红胜火，春来江水绿如蓝。能不忆江南？"江南的水光天色让诗人欲罢不能。书法家王羲之以《兰亭集序》怀念水边的盛会，感叹此景难再，所以兴怀，留此墨迹。而史料记载，唐太宗把墨迹带进了坟墓，该是皇帝对书法和内容的一并眷恋所致吧。《兰亭集序》还被编入当今中学教材，可见现代人欣赏水边盛会胜境的喜欢程度。如果还不够，那么看看孔子和他的弟子点讨论的记录吧。孔子说"我与点也"，即赞同点的观点，而点说的是"莫春者，春服既成，冠者五六人，童子六七人，浴乎沂，风乎舞雩，咏而归"，穿着春装，约来朋友，携着小孩，在沂河沐浴，在舞雩台迎风欢歌。

今天的百姓，一如故人。你看，落日熔金，通波塘绿道小径上，人们摩肩接踵。

罗克平

参观联合国欧洲总部

瑞士日内瓦是著名的国际化城市，全球有 200 多个国际重要机构设于该市。位于日内瓦的联合国欧洲总部是规模仅次于美国纽约联合国总部的联合国机构。

联合国欧洲总部坐落于日内瓦湖畔的阿丽亚娜公园内，又被称为万国宫。万国宫前的广场上矗立着联合国每个成员国的国旗。这座宫殿建于 20 世纪 30 年代，是联合国前身国际联盟的总部所在地。

万国宫由 4 座宏伟的建筑群组成，中央是大会厅，北侧是图书馆和新楼，南侧是理事会厅，共有 34 间会议厅以及大约 2800 间办公室，连同花园、庭院，总占地面积为 2.5 平方公里。

联合国欧洲总部平时对游客开放，参观券为每人 15 欧元。门口欢迎光临的指示牌上分别用阿拉伯语、汉语、英语、法语和西班牙语写着游客注意事项。过了安检门后，工作人员给游客每人发一张参观证。

大厅里有一块上有联合国会员国国旗的宣传牌，我手指中国国旗合影留念。据介绍，中国是联合国安理会常任理事国，汉语是联合国的工作语言之一。中国是世界第二大经济体、世界第一贸易大国、世界第一大外汇储备国、世界第一大钢铁生产国、世界第一大出境游国、世界经济增长最快的国家之一……

　　万国宫内收藏有中国赠送的 5 件艺术品：一个景泰蓝花瓶、一套丝绣组画、一套长沙刺绣组画、一块天坛绒绣挂毯和一座仿汉代青铜马踏飞燕。中国政府于 1984 年赠送给联合国的天坛挂毯长 3.65 米，宽 2.75 米。无论从什么角度看，天坛的大门总是朝向观众。这里是参观万国宫的中国游客必打卡之地。

　　我们这些来自世界各地的 20 多位游客在参观接待所大厅集合，带队导游用英语介绍说，这里每年要举行近 8000 个会议，当天有 10 多间会议厅分别在开会。导游带着我们到二楼的一个会议厅内进行详细讲解，我们隔着玻璃可以清楚地看到一楼的大会议厅内正举行会议。导游告知游客禁止摄影和摄像。

　　来自世界各地的游客都很想到会议厅内去看看，导游知晓游客的心理，便带领我们参观了两个当时正空闲着的风格各异的会议厅：一个是墙壁和屋顶上都有壁画的中会议厅，可容纳参会人员约 200 人；另外一个是规模恢宏的大会议厅，主席台的正中央是联合国国徽。在大会议厅内，导游给游客们讲解了会议厅的规模和设置，以及有哪些重要的会议曾在这个厅内举行等情况。我们在电视新闻节目中多次看到的世界卫生组织召开的会议就是在这个会议厅举行的。

　　我作为游客，端坐在大会议厅的代表席上，嘴巴对着话筒仿佛正在发言。此时我心潮澎湃，正是祖国的繁荣昌盛，国富民强，我们普通老百姓才有机会到世界各地旅游。我已经到过世界 40 多个国家和地区，才有机会坐到联合国欧洲总部大会议厅的代表席上……

　　我的自豪感和幸福感油然而生！

邢砚斐

父亲养的鸟

父亲退休后迷上了养鸟。

那时家在景德路，有四五十平方米，铺着石皮的一个庭院，父亲在院内养了鹦鹉一只，八哥、鹩哥、画眉各两只。

伺候鸟，是件需要耐心的事。父亲一向做事细致，一笔一画，极其认真。买来的鸟食先精挑细选，捡尽杂物，再晾晒装桶储存好。无论酷暑严寒，每天下午，午睡过后，是给鸟儿洗澡的时间。洗澡有专用笼子，鸟儿洗澡时，父亲在一旁，用旧牙刷把腾出来的竹制鸟笼，上上下下、里里外外，通通清洗一遍，然后添水、加食。等把所有的鸟儿轮流完毕，一个下午也就过去了。

为了让鸟儿说话，父亲专门请人来为八哥捻舌头，母亲还特意买来了录音机。于是，一进院门，满耳是"老板你好""新年快乐""恭喜发财"的磁带声。

最先会说话的，是俩八哥。它俩不跟磁带学，反而是自学成才。母亲说这两只八哥像我小时候一样，课堂不用功，专门看闲书。所以一只说的是松江土话："奶奶，快点呀，快点呀！"另一只则模仿苏北方言："鹅毛，鸭毛，甲鱼壳。"说起来惟妙惟肖，让人忍俊不禁。可惜这俩八哥挂在景德路老宅的弄堂时，连笼带鸟被人偷了。

父母搬到通波小区后，住在底楼，围墙内的院落窄小，鸟也只剩下5只。鹦鹉个头较大，总静静地待在笼架上，憨憨的十分可爱。据父亲说，它会正儿八经说"老板你好"，可我从未听到过。那年禽流感，居委会上门给鹦鹉打了一针，从此喑哑失语。鹦鹉偶尔会"哇"一下，吼声吓得三楼婴儿大哭。无奈之下，父亲去花鸟店用鹦鹉换回来一只八哥。

两只鹩哥同样，也没照着磁带念。一只学的是隔壁阿姨的广富林口音，一开口就是："阿婆啊！"另一只学的是父亲的笑和咳嗽声："嘿嘿，嗯哼，喀喀。"我至今不明白，父亲养的八哥、鹩哥学习成绩为啥总那么糟。

父亲患病后，体力渐渐不支，难以每天伺候5只鸟。于是，他依依不舍地将八哥、鹩哥送了人，仅留下两只画眉鸟。一天下午，父亲为画眉洗澡忘了关门，结果那画眉出了鸟笼往外窜到围墙上，眼看着那鸟叽叽喳喳又跳又叫，急得父亲直跺脚，举起鸟笼呼唤半天，画眉却并不理睬，一转身飞走了。那天晚上，父亲懊恼得一夜未眠。

第二天中午，隔壁阿姨敲门说："阿婆啊，逃走的鸟在围墙外树上叫。"父亲放下手中的酒杯，匆匆拎起鸟笼就往外跑。母亲一看，连忙喊"老头子，当心掼跤"，也追了出去。那只画眉看见父亲，也不急着逃远，叽叽两声后，飞向前三四步，再扭转头喳喳地叫，仿佛是在等父亲过来。画眉在前面飞，父亲在鸟后面追，母亲在父亲身后撵。就这样，一鸟俩老，沿着围墙绕。兜两圈后，画眉又飞走了。晚饭时，父亲边喝酒边思量如何才能有效地逮住这个狡猾的"逃犯"。

第三天，整整一天画眉都没有出现，父亲开始绝望了。可到第四天下午，母亲忽然听见窗外有声响，叫起父亲隔着玻璃一看，那只画眉正在院子的水槽里，用翅膀蘸着一点点积水扑腾着。父亲急忙提起鸟笼开门出去，那画眉也不反抗，一头钻进笼子就喝水、啄食了。

父亲第二次手术后，身体更加虚弱了，他终于答应把陪伴最久、感情最深的画眉也送了人。鸟儿走后，父亲总放心不下，隔几天就要大妹妹开车带他去看看，探望一下两只画眉。就连在病房弥留之际，父亲还念念不忘，叮嘱我要"毫燥点，汰鸟笼哉……"父亲逝世后不久，听说那只画眉又一次脱笼而飞了，而且再也没有回来。

　　也许，它是寻找、陪伴父亲去了……

可燃

红萝卜和十个肉馒头

我读过莫言写的《透明的红萝卜》，那文章中的黑孩，拔了田里的红萝卜，队长把黑孩的新褂子、新鞋子、大裤头子全剥下来，团成一堆，扔到墙角上说："回家告诉你爹，让他来给你拿衣裳。滚吧！"

黑孩转身走了，起初他还好像害羞似的用手捂住小鸡儿，走了几步就松开了手。老头子看着这个一丝不挂的男孩，抽抽搭搭地哭起来。

黑孩钻进了黄麻地，像一条鱼儿游进了大海。扑簌簌黄麻叶儿抖，明晃晃秋天阳光照。

我小时候有过像黑孩一样的事情，去隔壁生产队拔过红萝卜，被生产队长打过，回去被妈妈责骂过。

那是20世纪60年代初，我们全家从上海被赶到了罗店农村。我8岁，刚上一年级。

人民公社把农民家里的锅灶都拆了，把铁锅拿去大炼钢铁，生产队成立了大食堂，家家户户去食堂吃大锅饭。宅上农家的墙上写着许多标语："放开肚皮吃饱饭，鼓足干劲搞生产！""电灯、电话、楼上楼下，跑步进入共产主义！"……最后，大锅饭把粮食都吃没了。生产队食堂解散了，家家户户只能重砌炉灶，又独立开火烧饭。

计划经济时代，农民是不能随便种植农作物的，必须按照公社指示种庄稼。我所在生产队是蔬菜区，菜农不管刮风下雨，每天必须下田，把收获的蔬菜运往收购站交售，而菜农的粮食要到粮店去买。粮食供应分为城镇居民户口和农村农民户口，居民供应大米，农民供应籼米；居民可以买面粉，农民只能买粞粉（半粒米为粞）。

为了填饱肚皮，我家米里放点菜皮叶子烧为菜饭，粞粉和水放点盐为米糊汤，一锅子米糊汤你舀上一碗，我舀上一碗，最后把舌头伸出来，把粘在碗上的米糊舔得干干净净。过后一泡尿，肚子又空空的。长期吃不饱，营养不良，人们的愿望是能吃上一顿饱饭。

我就读的罗店镇中心小学操场外面即是严家宅生产队种植的红萝卜田，我们北路有几十个孩子上学必经这一块红萝卜田。

有一天，孩子们发现这片绿茵茵田里的红萝卜都长大成熟了，大家欣喜若狂，不约而同地闯到田里，拉着叶子使劲拔出了红萝卜。红萝卜从泥里拔出来带着深褐色的泥土，大家在衣服上擦掉泥土，狼吞虎咽地吃红萝卜，吃饱了即走。一连几天，严家宅的红萝卜田是孩子们必去的地方。孩子们几天的光顾，把靠田埂的一垄红萝卜全拔光了，少了绿叶露出了光秃秃的一片田地。生产队长巡田时发现了这一"杰作"，他下决心要捉住这偷红萝卜的贼骨头。

严家宅生产队长当过兵，平时工作很认真，待人很严肃，也很凶悍。他年轻时被国民党拉壮丁当了兵，解放战争时被解放军俘虏后，参加了解放军，后去了朝鲜战场，虽然身经百战，腿上也负过伤，立了许多战功，但由于当过国民党兵的历史原因，朝鲜战争一结束就复员到农村，当了生产队长。因为平时为人凶悍，人们在背后叫他俘虏兵。

中午，社员们都回去吃饭了，俘虏兵尽心尽责地蹲在萝卜田的一坟墓后面，静候贼骨头的光顾。

我们这批孩子中午上学，看田里四周没人，即去"作案"。五六个孩子，闯进萝卜田里，每人拔了两三个拔腿就走。我想拔个大一点的，往田里多走了几步，拔了两个刚想走，被人从背后一把抓住。我一看是俘房兵，此时俘房兵把几天来对贼骨头的憎恨，全发泄在了我的身上。他对我一顿拳打脚踢，几个孩子见势不妙，丢下红萝卜飞一样地逃脱了。

一顿打骂后，我被打得哇哇大哭，俘房兵拎起我，又重重地放下，手指着我的脸："不许哭！下次还来吗？"

我被吓得止住了哭声，哽咽着回答："不来了！"

"下次再来！我把你脚也打断！"俘房兵凶狠地对我大声嚷道。

一个8岁的孩子哪经得住身材高大魁梧的大人的惊吓，我看着跑得飞快远去的伙伴，一边哽咽一边求饶道："我下次不来了！我下次不来了！"俘房兵看我是个毛小孩，也搞不出啥名堂，他一松手，我才一溜烟似的逃脱了。

回到家里，妈妈看我鼻青眼肿，一身的泥土熊样，一个劲地问我怎么回事。因我知道做了坏事，吞吞吐吐讲出了和伙伴们一起偷萝卜的经过。妈妈听后，对我一顿责问："为什么你要去偷萝卜？"

"肚皮饿。"我虎看脸，低着头，很不情愿地答道。

"偷人家的东西是不好的行为，从小养成偷东西的习惯，大了要受法律制裁，被警察捉去，要坐监牢的，懂吗？"妈妈大声训斥着我，接着又讲了许多做人要诚实的道理，我默默地听着，不住地点头。

妈妈对我偷萝卜的行为进行了教育，但我被俘房兵打，她也非常心疼。

那时物资非常紧张，即使商店里有食品，有钱也肯定买不到，必须要有粮票，再加饼票、饼干票、就餐券等票证。

20世纪60年代上海24层的国际饭店是全国最高、最豪华的饭店，一般人根本吃不起。

红萝卜事件后几天，妈妈携我走进了国际饭店。妈妈对我说："今天姆妈买肉馒头给你吃，让你吃到饱为止。"她从口袋里掏出5元钱，买了

10个肉馒头，在大堂里找了两个空座位坐下。

　　我看着穿着白色工作服的服务员端出来的肉馒头，热气腾腾，白莹剔透，个个饱满，真是欣喜若狂。我从没见过这么漂亮和诱人的白馒头，拿起一个先给妈妈吃，妈妈看着我讲："姆妈不吃，今朝是买给你吃的，姆妈不饿。"我见妈妈不吃，转手就往自己嘴里塞，一口咬下去，肉汁即淌出来，这是啥味道，我现在已经记不得了，肯定是很好吃！我以前肯定从未吃到过这么好吃的馒头。

黄忠杰

写在《寻觅松江》第三版之际

《寻觅松江》二度寻踪三次刊印，我不得不再写一些多余的话。

让我先笔录两位外来企业家曾与我谈论企业文化的一席话："早在2019 年 3 月我的书架上就摆放着你的著作《寻觅松江》，始终没有下架，它让我对松江历史文化的视野由模糊到清晰。我喜欢这本书，因为它对松江历史文化做了比较全面、完整、深刻的阐释，更是让我这个新松江人对松江的历史文化有了全新的理解。作为根植于松江大地的民营企业，如此深厚、如此灿烂的松江历史文化是我们企业文化发展的重要根基。"

……

"近日我得到你的著作《寻觅松江》，里面异常清楚地表达了你对松江历史文化和松江远古文明的终极理解：松江深厚的历史文化底蕴不应该仅仅是书本里的密码，它还应当在每一个松江人的心里和手上，可把它比作是一种黏合剂，让我们这些外来企业家可以更好地去引领新型企业的文化发展。"

……

这些外来企业家把松江当成了家，就连对投资环境都有清醒的认识。

我知道，松江文明凝聚着众多外来先哲们（如唐朝诗人陆龟蒙，北宋文学家苏东坡，南宋诗人林景熙，元代诗人凌岩、杨维桢、钱惟善、陆居仁，元代画家黄公望、倪瓒、王蒙，元代文学家陶宗仪，明代画家宋旭，明代词人陈子龙、李雯、宋征舆，清代"戏曲怪才"倪蜕，等等）那种执着"待吾还丹成，投迹归此地"的人文情怀和文明素养，为松江做了高品位的奠基。几千年来，松江文明有时尽管被误解或忽视，但那些先哲们仍沉迷于其中而不能自拔，似一泓清泉，滋润万物。随着时间的推移，他们的人文情怀和文明素养逐渐养成，将松江文明传承下来并发扬光大，让后世的松江人记住松江文明源头的所在。这也是我《寻觅松江》成书的一个重要原因。它就像是一条索引，而索引背后展现的是整部松江文明史。所以，我一直想读懂它甚至吸收它。我跟随那些先哲们用几千年的目光和脚力寻找这一条文明之路，欲将松江文明保存下来，并成为深刻的文化记忆。

这些年，我为寻觅松江的历史文化东奔西走，一直处于跋涉之中。记得是从 10 多年前对松江的千年古道、九峰三泖、古城名镇、寺庙残壁、寂寥遗迹、大美之极的实地寻访开始的，自此无法停步。我想任何一个古旧的课题，都会在松江大地上留下一些集中体现其精魂的遗迹，一些无法在文字中体会的人文环境和精神气韵，如果在寻觅中被这一切包围，那么我的文化生命就被这课题所溶解，因而视野更开阔，目光更邈远。年年月月，日日夜夜，我边行走边写作，完成了近 80 万字的书稿，于 2019 年 3 月由团结出版社正式出版。近两年，我进入文化考察的又一个新阶段，找到了发现松江文明的方位，校正了文化考察时的一些不确定之外，写下了《九峰三泖宣言》《松江文化的"母本"》《陆机"文赋"诞生的年代与小昆山》《寻觅苏东坡遗落在松江的足迹》《松江七大古遗迹：一脉重要的文化余音》等 5 篇长文，于 2021 年 1 月收录在《寻觅松江》第二版中。2023 年，《寻觅松江》第三版开始发行。在第三版中，我把在寻觅途中，与文化学者、考古学家等进行受益匪浅的文化交流，以及读者的点评文章整理出来，增加了三大篇章：《寻觅问答》《寻觅拾贝》《寻觅倾听》。

近几年，我不断发掘，海纳百川，用文字与松江大地一次次地耳鬓厮磨，用松江文化存在与传播极温暖的方式，写下几十篇文章。千般荒凉，以此追梦；万里脚步，以此归心。

在我看来，《寻觅松江》是一部系统讲述松江历史文化的文本。在这本著作中，我关注的不仅仅是文本本身，而是我作为一个文化行走者的心路历程。

松江五千年文化可以滋润松江人的生命，一代代松江人的鲜活生命又滋润着松江的灿烂文化。

现在回想起来，我在写作这本书的过程中有跋涉之苦，有考证之烦，有立论之勇。通过这本书，把我对松江文化、文明的思考、感悟释放给了更多的人。

徐天安

桂香时节

　　金秋季节，桂花盛开，整座摩卡小城的空气都是香的。清晨，当你刚从睡梦中醒来时，便感觉缕缕清香正随着窗外的鸟鸣一起飘进你的卧室，连鸟鸣都带着香气，每一天的早晨都充满了美好的期待。

　　当你吃饭时，会感到所有的饭菜中又增添了一种桂花的香味；当你坐在窗下看书时，会感到书中的每一个字也都是香的。如果你是开着车上班，请在小区内把你的车窗打开吧！让桂花的香气飘进你的爱车里，让它芬芳在你的身上，并带到你的单位里与身边的员工一同分享。年轻的女孩子们，只要你来到这里，你还用得着洒名贵香水吗？我想任何高档香水也比不上这种纯天然的桂花香啊！如果你是带孙族，那就请你多带孩子到室外玩耍吧！室外的空气真的好香好甜。

　　小区里有很多桂花树，无论你是在河边散步，还是在运动场上健身；无论你是带着小孩在池塘边观鱼，还是在大路上行走，随处可看见桂花树的身影。这里不仅桂花树的数量多，而且品种也多。我所认识的就有金桂、银桂、丹桂及四季桂等多个品种。其中，金桂开花一般为金黄色，有浓香；银桂花色为纯白或乳白，也有黄白或淡黄色的，香气浓郁；丹桂花色橙红，香味较淡；四季桂花色为乳黄色或柠檬黄，散发着淡淡的幽香。

桂花树又称木樨、岩桂、仙树、仙友、秋香、金粟、花中月老等，终年常绿，枝繁叶茂，绝大多数都是秋季开花。桂花是我国十大名花之一，集绿化、美化、香化于一体。它清可绝尘，浓时芳香四溢，花香令人久闻不厌。它既可品赏，亦可食用，还可入药。可制作桂花酒、桂花糕、桂花茶等，上海的特色糕点中就有桂花糕。如果是蜜蜂采桂花酿成的蜂蜜，便是人们非常爱吃的桂花蜜。因"桂"与"贵"谐音，桂花树自古就有吉祥之意，如赞人子孙发达为"兰桂腾芳"，贺人生子为"桂子呈祥"，贺人金榜题名为"蟾宫折桂"等。总之，桂花树是崇高、贞洁、荣誉、友好和吉祥的象征。据悉，桂林、杭州、苏州、合肥和信阳等多个城市都将桂花作为市花。

看到桂花，会让人想起不少有关桂花的古诗词。如大家比较熟悉的有唐代白居易的《忆江南》："江南忆，最忆是杭州。山寺月中寻桂子，郡亭枕上看潮头。何日更重游？"宋之问《灵隐寺》诗中有"桂子月中落，天香云外飘"的著名诗句。还有朱淑真的《木樨》："弹压西风擅众芳，十分秋色为伊忙。一支淡贮书窗下，人与花心各自香。"而我最喜欢李清照的那首《鹧鸪天·桂花》："暗淡轻黄体性柔，情疏迹远只香留。何须浅碧深红色，自是花中第一流。　梅定妒，菊应羞，画栏开处冠中秋。骚人可煞无情思，何事当年不见收。"可见，在历代文人墨客心中，桂花是何等的高雅！

看到桂花，还会让人想起吴刚伐桂的神话故事。传说月中有桂树，高500丈。汉代河西人吴刚，因学仙时不遵守道规，被罚至月中伐桂，但此树随砍随合，总是砍不倒。2000多年过去了，吴刚总是每日辛勤伐树不止，而那棵神奇的桂树依然如故，生机勃勃，馨香四溢。只有中秋节这一天，吴刚才在树下稍事休息，与人间共度团圆佳节。小时候，我也常常在中秋月圆之夜，把眼睛睁得大大的望着神奇的月亮，望着望着，仿佛真的就看到了月亮中那棵桂树的影子。

恰好前不久下过几场雨，桂花的花蕾吸足了水分。之后一直都是晴天，也没刮过大风，所有的桂花都开得特别好，浓香弥漫整个小区。

我有幸生活在摩卡小城这个桂花盛开的小区里，只要有闲暇，我总会到小区的各个地方走一走、看一看。每当这时，我的思绪就会随着这桂花的浓香弥漫、扩散，杂乱的心境瞬间便会得到宁静，似有一种超尘脱俗的感觉。每当看到一树开得特别好的桂花时，我便会从内心发出赞叹："这棵应该是我看到的最好的一树桂花吧！"可当我来到另一个地方时，又发现了一棵比刚才的那棵花开得还要多，花色还要漂亮，香味还要浓的桂花树，正如一句广告词说的："没有最好，只有更好！"

这时，我总会拿出手机从各种不同的角度去拍照，将这些盛开的桂花拍摄下来保存到手机里，留着日后慢慢地欣赏。拍着，拍着，突然想到我拍这些照片又有什么用呢？我能留得住这桂花的香气吗？我突发感慨，想到了下面这首绝句：

　　花开满树竞芬芳，惹得闲人拍摄忙。
　　纵使能存千日照，只留颜色不留香。

是啊！照片拍得再多再好，保存的时间再长，又有什么用呢？"花开堪折直须折，莫待无花空折枝。"朋友，趁这桂香时节，请停下你匆忙的脚步，来树下坐一坐、等一等、静一静吧！

徐亚斌

伊犁河畔的思绪

当我到达伊犁河畔时，已是下午 5 点多了。当然，在当地，这个时间还不算太晚——离天黑还早着呢。

我是从伊宁赶过来的。游完伊犁将军府和林则徐戍所，当天的游程告一段落。导游也一反常态，没再安排夜路奔袭，而是让大家在伊宁过夜休息，第二天早起赶路去巴音布鲁克。

还是在将军府挪动脚步时，看着电子显示屏上标示的伊犁河流向，看到在我国疆界内的伊犁河段几经变迁，以致不断缩短的情形，我的心和双脚都一起变得沉重起来。我决计要去看一看这条饱尝历史沧桑的河流。导游倒也善解人意，只是再三关照我注意安全，并不反对。十几分钟后，出租车已把我送到了伊犁河大桥。

这是一座钢筋混凝土双曲拱桥，全桥共 9 孔，支撑着笔直的桥面凌空跨越天堑，显得异常雄伟壮观。桥面两侧设有人行道，在人行道上或站立，或徜徉，既可以近观大桥的雄姿，也能够远眺两岸的风景。

我在桥中央的某一点上站定，目睹河水在我脚下流过。太出乎我的意料了，和我对一般江河的印象大相径庭，伊犁河并不是汹涌奔腾，激流勇进的态势，她是那么宁静，那么舒缓。我很茫然，不知是正值秋季，天山上的积雪不再融化，还是多日没雨，河水不大，不紧不慢地向西流去。我也不由得想起了额尔齐斯河和阿拉克别克河的情形，一样向西流淌，一样慢条斯理，一样一步三回头，就像一个不知前路是何方的行者，迷茫而彷徨……

　　我的视线暂时离开河面，向着更远处搜寻。两岸广袤的滩涂首先跃入眼帘，而大片茂密的水草，更是让我注目。时值深秋，水草大多已变色泛黄，远远望去，酷似一块硕大的金色地毯，彰显着浓浓的西域风情。草滩深处，有几匹伊犁马在悠闲地嚼着牧草，间或抬起头，眯缝着眼睛，若有所思地望向远方。

　　收回视线，看到的是另一番景象。在接近河面的临水处，同样在密密的水草间，有大批的鸟类出没。数量和种类都足以让你惊奇，我当然无法认全它们，但值得欣慰的是，有几种鸟我童年在故乡的芦苇荡里见过，后来又多次特地去东滩湿地拜访过它们，也能叫得出它们的芳名：什么凤头、苍鹭、大白鹭、黑鹳、灰雁、大天鹅、赤麻鸭、绿翅鸭、赤膀鸭等。当然，能在万里之遥的异域他乡与它们相见，不禁有一种老友重逢的惊喜……

　　离开大桥，沿栈道穿过繁茂的草滩，来到了湿地公园，让我喜出望外的是，眼前又是一大片白桦林！我不由自主地朝树林深处走去。感谢时光，把树干打磨得更加洁白，也让树叶更加灿烂。漫步林间，只见泛白的树干挺拔英俊，闪着金光的树叶婀娜摇曳，发出嗦嗦的声响。我似乎感受到了它们对我这个远方来客的款款深情。我有点流连忘返了。

　　天色将晚，我重返大桥，再次凝视起流淌着的伊犁河，它依然那么宁静，那么舒缓。我知道，伊犁河是伊犁人的母亲河，也是哺育伊犁的乳汁。伊犁的美丽富饶，都因了她的滋养。如是想来，伊犁河是可以坦然的，也是应该满足的。但不知道为什么，刚才在将军府的那份情绪，又固执地重回脑际，眼前似乎浮现起战马嘶鸣、疆场拼杀的画面。我不禁发问，伊犁河呀，你是不是承载了太多的屈辱，才变得这般深沉；你是不是经历了太久的历史烟云，才变得那么安宁；你是不是满怀着对未来的执念，才变得如此淡定？

　　夜幕降临，我又要匆匆离开。回望那一轮金色晚霞，正沿着河岸慢慢褪去，把它的余晖挥洒在河面上，整个河面顿时变得血红血红。此情此景，让我的内心不禁再次激荡起来。记不清到底看过多少回日落，没想到伊犁河边的日落，给我的心灵带来如此的震撼。伊犁河呀，我要向你告别了，我无法说清楚此刻的心情，是伤感，抑或痛楚？但我明白，对你，我有着深深的敬意……

陆良

小镇旧时光

在闹市生活多年，已经习惯了城市中的一切，包括城市快节奏的工作生活、城市的喧嚣等。由于参加工作后有很长一段时间工作生活在小镇，所以总是会时不时地怀念在小镇工作生活的那段时光。

刚踏入社会，我被安排在公社集镇下面的一个小集镇商业分站工作，拿现在的话来说，就是一个迷你小镇。小镇依山傍水，山虽不高，但很秀丽；旁边有一条大河，河水清澈。住在小镇上的居民也就 20 多户，还有部分居民分散住在小镇周边，有些居民甚至与农民一起住在村子里。

这个小镇有几个特点：一是很小。3 米来宽的街道，东西长 30 多米，南北也不过五六十米。镇上有一个商业分站，共十来家商店，一个信用社，一所学校，还有一个当地农业生产大队的队部，与外界的通信联系就靠几部手摇式人工转接的老式电话机。

二是静。小镇上由于没有工业企业，也没有机动车，所以不管白天黑夜都比较安静，特别是冬天的夜晚，天一擦黑，小镇上的人们就待在家里了，街上空空荡荡，只有两盏昏黄的路灯在刺骨的寒风中瑟瑟发抖，整个小镇像死一般寂静。静到什么程度，掉一根针在地上也能听得见，这话一点也不夸张。其实小镇也是有声音的，那就是春风夏雨、蛙声和鸟叫蝉鸣的声音，还有寒冬腊月北风呼啸的声音，这一切都是大自然的声音。

三是旧。小镇上都是老旧的房子，有砖瓦房，也有草屋。不过也有一座虽然老旧但颇有气派的院子，估计此户人家的祖上是个有钱人。

四是慢。小镇上一切活动似乎都是慢节奏的。小镇上既没有汽车，也没有摩托车，只有屈指可数的几辆自行车，每天早上总是这几个人骑着自行车不紧不慢地离开小镇到外面去上班。镇上的人的一切行动都显得慢悠悠的，附近农民到小镇上办事、买东西一般都是步行来回，在小镇看不到城市的那种快节奏。一到冬天，北风呼啸，天寒地冻。一些老人拿把椅子，手捧一杯茶，在小镇向阳的墙根下惬意地孵太阳，就连一些小猫小狗也都懒洋洋地趴在墙根下，眯着眼睛在温暖的阳光下打盹。小镇很老旧，也很寂静，在小镇能感受到乡野的温柔。

其实这座小镇也是有历史底蕴的，明代中叶时已形成集镇，山上山下，历史上也曾经有过十大人文景观，到了近代才日渐式微。小镇的这条老街，承载了不知多少人的脚印和历史留下的痕迹。时光在小镇中穿越，岁月在大河里流淌，小镇的居民年复一年地过着"悠然见南山"的日子，静守着岁月的流转。一年四季更替，但小镇的安宁和静好是永远不变的。

半个世纪过去了，小镇已经永远消失在人们的视线中，就像小镇上的往事和那些逝去的老人们一样。只有是在我的记忆中，还是那么清晰地保留着小镇的模样。

胡志娟

来　福

那是一段尘封已久的往事。

20 世纪 70 年代末，我在江西某地工作。起初，我对隔壁王师傅家那条酷似大灰狼、名叫来福的牧羊犬十分害怕。王师傅说："小胡，它不会伤害好人的。我在保卫科工作，晚上值班巡夜带上它心里踏实，遇见野兽或不良分子还能起到震慑作用呢！"

来福很聪明，不管谁给它的东西都不吃，我不信。有一回，我见来福独自坐在门口，就壮着胆子把一根肉骨头丢在狗食盆里，谁知来福连看都不看一眼。

那时，后勤部门定期给职工发猪肉，我吃不了，心想王师傅家有三个孩子正是长身体的时候，就把发的猪肉送给了他。也许来福感觉到我对王师傅一家的友好吧，我上班时来福会坐在门口目送我离开，看见我下班回家就一个劲地向我摇尾巴。渐渐地，我也不再惧怕这条牧羊犬了。有一次，我炖了一锅排骨汤，吃不完就连汤带骨头都倒在了狗食盆里，来福舌头伸得长长的，哈喇子流了出来，想吃却不敢吃，朝我瞅了一眼。得到王师傅默许后，来福尾巴翘得很高，围着狗食盆来回走了几圈，然后一头伸进去，吧嗒吧嗒地吃了起来。吃饱喝足后摇着尾巴，两条前腿作揖向我表示感谢呢。

山沟里老鼠多、蛇多、小黑虫多，晚上常有野兽出没偷邻居们养的鸡鸭。我们住的又是土坯房，老鼠打洞进家里是常有的事，更可怕的是，常有毒蛇从老鼠洞里游进家里来。为此，我下班回家后的第一件事就是四处查看有没有老鼠洞。

来福通人性，加入猫捉老鼠的队伍中，为我们除害解忧。只是来福逮住了老鼠不吃，而是先把它玩个半死，然后赏给猫吃。有时候"虚荣心"上来了，来福会把老鼠叼到人多的地方去炫耀。晚上，来福发现谁家来了"不速之客"，就会在第一时间狂叫报警，守护着大家的平安。

6月，是山里的雨季。记得那是个星期天，太阳难得露个笑脸，我和几位邻居相约去附近的灵山玩。那天，来福好像预感到会发生啥事，一路不停地叫着跟在我们后面，嘴巴还死死地咬着我的裤脚不让走。大家被来福纠缠得心烦，用树枝好不容易把它撵了回去。来福很无奈，一步三回头，直到我们的背影消失在它的视野中。

中午时分，太阳不见了踪影，不一会儿电闪雷鸣，一场大雨倾盆而下。顿时，原本几近干涸的河道浊浪滔天，不断有牲口等杂物被从上游冲了下来，我们过河时的小木桥也没了踪影。"不好，要涨大水了，快往高处爬呀！"不知谁惊恐万分地喊了一声。我们刚爬上去不久，只听轰的一声，身后的小土坡瞬间就被洪水冲塌了。正当我们被困在山上一筹莫展时，耳边隐约响起了狗叫声和人们的呼喊声。"一定是来福回去报信了，我们有救了。"大家双手做喇叭状一个劲地回应着。

"幸亏是来福，否则也没法找到你们。"我们摆脱险境后王师傅这样对我们说。

江西属亚热带季风气候，夏季高温多雨，因此午休时间比较长，大家就三三两两地坐在树荫下摇着扇子纳凉，来福则像往常一样在不远处的老槐树下闭目养神。

王师傅家小儿子三毛是出了名的淘气鬼，喜欢爬树捉知了，那天还爬到了十几米高的香樟树上掏鸟窝。大伙见了都劝他下来，但三毛不听。一阵风吹来，只听三毛哎呀一声，一不小心失足摔了下来。有的人惊得目瞪口呆不知所措，反应快的则下意识地张开双臂试图托住三毛。在这千钧一发之际，来福发出一声凄厉的哀号冲了过去。就这样，三毛不偏不倚地坠落在来福的背上，虽然受了惊吓但安然无恙，而来福七窍流血腿肚子抽搐了几下一命呜呼。

　　闻讯赶来的王师傅抱着来福的尸体双膝跪地仰天大哭："来福，你救了我儿子一命，我该怎么报答你呀！"

　　大家劝王师傅节哀，说天这么热，给来福找个地方埋了吧！王师傅说："不行，来福是为救我儿子死的，我要为它沐浴焚香守灵，再为它量身定做一口上好的香樟木棺材，让来福风风光光地走。"

　　不知是香樟木板有点潮湿呢，还是涂上了油漆热胀冷缩的缘故，入殓时，来福的尸体怎么都装不进棺材里去。有人说不行把来福的腿敲断吧，王师傅不忍心这么做，对我说："小胡，来福不管谁给的东西都不吃，唯有你例外，你还常常打热水帮我们给来福冲澡呢，不如你来试试吧！"

　　我挪动着来福僵硬的腿说："来福，王师傅不忍心把你的腿敲断，还给你穿了新衣服，你要好好地躺进去，别辜负了他的一番好意呀！"

　　王师傅夫妇双手合十在边上不停地祷告着。冥冥中来福似乎感应到了主人对它的怜惜，它的腿终于被挪进了棺材，王师傅妻子又用一块红绸布轻轻地盖在了来福的尸体上。

　　出殡那天，送行的人们排着长队，王师傅夫妇携三个儿女举家哀号，哭声一片："来福，你一路走好！来福，你一路走好啊！……"一边向空中撒纸钱。四位老表扶灵抬棺，吹鼓手们敲锣打鼓哀乐齐鸣。来福入土了，王师傅一家跪在坟头前，烧着纸钱似唱似哭地诉说着来福的点点滴滴。哭声和哀乐声在山坳里交织在一起，回荡着……

那天我也哭了。

狗是人类忠实的朋友，有人说狗眼看人低、狗仗人势等，可是在我的眼里，狗不会嫌贫爱富，不会计较得失，你施舍它一根肉骨头、一点剩饭，它就会记住你一辈子。

几十年过去了，来福的故事一直在我的脑海中挥之不去……

俞富章

心中有条无名小河

这是一条小河，是一条并不开阔，也不是很长的小河。小河就在我家屋前，或者说，我的家就在小河边。我是喝着这条小河里的水长大的，我的生命里不仅流淌着父母的血，也流淌着这条河流的水。

小河虽然无名，但它的源头来自一条非常著名的江——黄浦江。黄浦江是上海的母亲河，横潦泾的水来自黄浦江，小河的水自然也来自黄浦江。

小河的终点就是我家的宅基，中间穿过村子里另外两家的宅基。我不知道这条无名小河是自然形成的还是人工挖成的，也不知道它有多长的历史，但我们三家的宅基都是依河而筑的。如果把大江大河比作人体身上的血管的话，那么这条无名小河就是血管中伸得最遥远、最末端、最细小的小管——末梢血管；末梢血管对于人体而言，也是非常重要的。水是生命之源，小河边的人家，不仅所有的生活用水取之于小河，而且庄稼用水也都取之于小河。

我们的宅子是典型的四合院，大门前有一条用石块铺成的步道，步道一直通向小河，河边是石块垒成的台阶，台阶一直深入河水中。样子像个小码头，但不是码头，我们叫河滩头。河滩头就是个工作台，一年四季，男人们从这里担水，女人们在这里洗菜、淘米、洗衣。

小时候的我，特别喜欢蹲在岸边看母亲和邻居婆婆婶婶们在河滩头洗衣服。她们每人端着一大盆衣服，裤腿卷得高高的，直接踩在淹没于水中的石级上，弯着腰，或搓，或洗，手里忙着，嘴里不停地说着。我听不明白她们在说什么，但是我能感觉到她们聊得很开心，因为她们的嘴里不断地发出好听的笑声。母亲曾几次说我："一个男小囡，天天看洗衣服，有什么看头！"我窃笑，母亲不知道，妈妈们洗衣服的样子真的很好看呢。

　　小河是美丽的，四季如画。冬季的小河是宁静的，那时的冬季有点冷，河面上结着一层冰。有几年还下大雪，岸上覆盖着洁白的雪，庄稼地白茫茫一片，此时的小河结着厚厚的冰，孩子们可以在冰上行走呢。为了取水方便，大人们在河滩头敲出一个冰窟窿。春天的小河，是温暖而充满绿意的。"春江水暖鸭先知"，河面上除了游弋的鸭子外，还有"曲项向天歌"的大白鹅；沿岸的水草发芽了，岸上的荠菜与马兰头也冒头了，柳树吐绿，桃树开花，花瓣落在水面上，缓缓西流。夏天的小河是热闹的，成了孩子们欢乐的天堂。河里的水被孩子们的狗刨搅得发浑，许多时候，耕田的水牛和看家的小狗也与孩子们混在一起，孩子们在河中打起了水仗。秋天的小河是清澈的、诗意的。秋高气爽，蓝天白云，白云不仅天上有，小河里也有。七月初七，天上有巧云，河里也有巧云；八月十五，天上有圆月，河里也有圆月。到了深秋，河面上还会雾气蒙蒙，在河滩头洗衣服的妈妈婶婶们在氤氲的气息里影影绰绰……

　　小河是富有而无私的。小河虽没有大江大河波澜壮阔，却在波光粼粼的水面下有着丰富的物产。小河里不仅有鲫鱼、鲤鱼、黑鱼、鲇鱼，而且还有白米虾、基围虾，更有螺蛳、蚬子、黄鳝、泥鳅、螃蟹、甲鱼等。人们什么时候想吃鱼了，拿着渔网下河去捞即可；什么时候想吃螺蛳、蚬子了，下河去摸就可以。那时候物资短缺，一日三餐少有肉类，但是因为靠着小河，我们鱼虾、螺蛳却没少吃。小河总是敞开胸怀，随时奉献人们所需要的。我曾问母亲："这河里怎么总是有捉不完的鱼虾，摸不完的螺蛳和蚬子。"母亲说，因为这小河是活的。唯有源头活水，才可以带来物产！

小河总是静静地流淌，给小河边的人家和两岸的万物供应源源不断的生命之水。"上善若水，水善利万物而不争"，小河以涓涓细流浸润万物。人只要和水一样，流到哪里都不是为了自己，利他而不争，而且对万物无亲疏之分，一视同仁，这便是上善了。

小河最隆重的日子，是过年之前的某个日子。这一天，大人们无论男女都要集中到河里，先是在河的一段用泥土垒一个坝，将河水一截为二，然后用木桶将浜兜里的水往坝外淘，直到把水全部淘干为止。把水淘干后，河里的各种鱼、螃蟹、螺蛳、蚬子、泥鳅、黄鳝等就会暴露无遗。这是丰收的时刻，也是应收尽收。但这不是将河水淘干的目的，目的是要清洁河道和河床，除了要清理长在河中的水草外，还要清理河床上积淀的淤泥。大人们将淤泥用木桶一担一担地挑到岸边的庄稼地里。那时节，庄稼地里是还没出苗的麦子，而把这一层淤泥盖在麦子上，不仅防寒保暖，而且还是非常好的肥料。水草和淤泥清除了，河底洁净了，这小河的水就更清了。对河道的全面清理，不仅让人们从小河里收获了丰富的河鲜，而且让小河干净了，保持了小河的生态。这是朴实而有远见的智慧：爱护小河，便是爱护自己。

无名的小河静静地卧在那里，却如一把尺子，丈量着人对自然的态度。

陆云

得过金话筒奖的同窗林少文

　　我的中学要好同学林少文，2002 年荣获中国广播电视节目主持人的最高荣誉金话筒奖（广播类），他是中国国际广播电台英语中心的一名资深播音员、主持人。

　　林少文怎么跑到北京当上中国国际广播电台的播音员，成了著名外语主持人的呢？那要从我们的中学时代说起。

　　我 1972 年初进入中学，1976 年初毕业。我们那时候是初中高中 4 年一贯制，贯彻毛主席的"学制要缩短，教育要革命"的指示精神，将原来的中学学制初中 3 年、高中 3 年，改革为初高中一共 4 年，高中毕业发一张毕业证书。没有择校一说，都是按照居住地划地段就近入学。我清楚地记得林少文是在我们读了两年以后，从别的学校转学来到我们松江三中的。他第一天来上学正是大热天，穿一件当时很时髦的确良衬衫。我们感觉他不是本地人，课间休息，有的同学就用普通话（平时下课后都讲松江话）问他："你从哪里来？"没想到林少文用浓浓的小镇乡下口音吐出两个字："天马！"同学们大跌眼镜，一直传为笑谈。多年以后，他告诉我，他原来是在天马山附近的小昆山，因为父母工作不在松江，父母怕小镇上的教学资源不好耽误了他，便托人将他转到县城的松江三中，他借住在离学校不远的亲戚陆新源（松江有名的痔疮专家）家。我们还应邀到他借住的地方去玩过，这是一幢砖木结构的老式两层楼，很不错的房子，就在松江十里长街中山西路南、松江市河北、大仓桥的北堍东侧。很多年后陆新源把这幢房子卖掉了，而买主正巧是我二舅。再后来，房子外墙上被钉上"不可移动文物"的牌子，房屋置换，我二舅一家就搬走了。

我那时候是班里的佼佼者，也是宣传委员，文章、字写得也好，班主任就安排我负责班级的黑板报，每个学期写班级小结，给同学们誊写成绩报告单评语，甚至给其他同学批阅试卷等，做这些写写弄弄的活。林少文的学习成绩也很不错，他对英语特别感兴趣，朗读英语的时候舌头卷得很厉害，特别到位，跟我们大不一样，同学们都觉得他太好玩了：读个英语，林少文这么卖力干嘛呢？

林少文个子不高，但是喜欢闹腾，是"文闹"不是"武闹"。有一次，他在我的语文课本封面上涂鸦，用圆珠笔画上了探照灯和光柱、大炮射击的炮火、炮火线条，把封面弄得一塌糊涂，让这个喜欢整洁的我哭笑不得。1975年，全国都在搞"读水浒批宋江"运动，学校搞文艺演出，林少文参演的节目叫《李逵大闹菊花会》。他又开双腿，一边用力咚咚地敲击着面前的那面大鼓，一边高声喊着李逵的台词："招安！招安！招甚鸟安！"字正腔圆，气势十足。

1976年我们高中毕业，依照当时惯例按档子分配，学校根据这个学生的兄弟姐妹外工、外农、内工、内农等情况，决定将这个学生分配进全民所有制企业、市属大工厂，还是县属集体企业、工厂、商店，有的学生甚至需要到"广阔天地炼红心"，下乡插队落户务农，接受贫下中农再教育。我和林少文档子不硬，他被分配到集体企业松江交通建设局下属松江县搬运社当装卸工，我被分配到松江县商业局下属城厢镇商业站的百货商店当营业员。

县交通建设局下面有很多航运公司，船民子弟没法上学，所以局下面有一个船民子弟学校。林少文工作几年后到该校当代课老师，有两个假期，教学压力也不大，觉得这辈子这样混混也不错，但他做事有股疯劲，学吹口琴吹得嘴角起泡，跟着上海人民广播电台学英语时，刷牙也在背单词。

好景不长，几年以后，全国教师队伍正规化，像他这种没有教师资格证书的人要被清理，他只得回到局下面另外一个公司当普通工人，这样就倒逼着他参加了高考。他接到上海外国语学院（现上海外国语大学）的录取通知书后，到我们几个要好的同学家里来道别。我们开他玩笑，说他个头不高，以后怎么当翻译？他笑呵呵地说："那我就当文字翻译！"

过了好多年，有一次在那时候几乎家家户户订阅的上海《每周广播电视报》第一版上，我无意中看到了一个节目介绍：中国国际广播电台的著名英语主持人卫华和林少文在上海和平饭店主持了一个 HAPPY NEW YEAR 的联欢晚会，才知道他大学毕业后考进了中国国际广播电台担任英语播音员、主持人。1991 年他在给我的来信中讲到他还没成家，不过也快了。他说，1988 年他去汉城奥运会做过记者。后来，从 1997 年开始连续 3 年在美国纽约，担任驻联合国首席记者。再后来，他还担任过非洲总站站长、孔子学院院长、中国国际广播电台英语中心副主任、国家播音指导等职务，在外语播音界是个名人。在几十年的职业生涯中，他担任过许多国家大型活动和联欢会的英语主持人，采访过联合国秘书长安南、英国首相布莱尔等名人政要。1997 年，党的十五大召开之前，他按照组织安排来到时任总书记江泽民家里，同步用英语读党的十五大报告，以便大会正式召开时向全世界同步直播。

2020 年上半年，满 60 周岁的林少文到龄正常退休。他从一个重体力劳动者到代课老师，再重回课堂成了一名大学生，最后成了中国国际广播电台的英语主持人，一干就是 34 年，经历丰富，让人感慨良多。他在自家大门上自拟自书了一副对联：

上联：

职场苦与乐可堪回首

下联：

家庭酸又甜更需放眼

横批：

进退自如

常虹

"青葱"飞扬

那是一个激情的岁月，激情的"青葱"在飞扬！"青葱"翱翔在广阔的蓝天，"青葱"驰骋在无垠的田野。

高中毕业后，我们响应毛主席"知识青年上山下乡，接受贫下中农再教育"的号召，奔赴农村到广阔天地"炼红心"。

在一个芬芳的 3 月里，我们一路唱着激情又伤感的歌："火车啊火车你慢慢的走，让我把娘来望一眼，娘啊，娘啊，我的亲娘……"来到了水阳公社一个叫赵家河的地方插队锻炼。这里是真正地理意义上的南方，素有"小江南"之称。一年四季山青水绿，气候温润。我们点上共 21 人（女生 7 人、男生 14 人），这样就算组成了一个临时大家庭，同吃同劳动，每天日出而作，日落而息，开始了知青生活。记得第一天参加劳动，一位男生不会锄地，还把旁边一位女生的脚趾头挖伤了，吓得我们赶快把这位女生送到了县医院。刚到村子里时，我们分别住在农民家里，吃饭也是生产队给我们派饭，轮流到老乡家里去吃饭。过了一段时间，知青点的房子盖好了，点上就自己开灶，还养了一头大肥猪。临近春节把它宰了，好好地改善了一下大家的伙食，除夕那天中午，我们包了一顿韭菜馅的饺子，好香啊！我一口气吃了 30 多个，那时的我，妥妥的一个吃货。晚上，我们又吃了一顿美味的臊子面。至今回味起来都还留有余香，那真是一个难忘的大年三十……

在不到一年的时间里，我们从刚开始什么都不会，到后来学会了收割麦子，种玉米、土豆，插秧，修剪果树等不少农活。那时候真的是年轻，天不怕地不怕，初生牛犊不怕虎。有时为了看一场电影，不怕路程远，也不怕半路上有没有野兽出没，跑几十里山路。等电影看完回到点上时，已是凌晨，但第二天早上照常出工劳动。炎炎夏日，白天头顶火红的太阳，在地里收割麦子，我一天能割近300捆麦子，感觉浑身有使不完的劲。晚上还要在场上打麦子，让粮食尽快归仓。夏收季节是一年里最繁忙的时候，白天黑夜连轴转。到了冬天，农业学大寨，我们知青和社员一样没黑没明，大干苦干，修造梯田，那时只有满腔的热忱、"青葱"的激情，苦也不觉得累。

时间很快到了第二年开春，公社成立了专业队，从各个生产队抽调青壮劳力，我决定参加专业队。记得我到公社报名时，办公室主任看到登记表上我的年龄才16岁时说："你的年龄太小了、就不要参加了，专业队里很辛苦的。"当时我理直气壮地说："怎么了，年龄小就不能革命了吗？我不怕苦，也不怕累！"在我的再三坚持下，他们终于同意我参加专业队。这样我就离开了知青点，从赵家河来到了十里墩峰崖村，开始参加修水库的劳动。峰崖村位于嘉陵江上游，漫山郁郁葱葱，山上开着许多叫不上名来的野花，像满天繁星点缀着山谷。清晨，雾从山谷里升起，若隐若现，掠过山野，整个村庄就像披上了一层轻纱，犹如一位白衣仙女，时而下到谷底，时而升到山顶，仿佛身临仙境！慢慢地太阳出来了，雾也渐渐地散开了。到了中午，太阳高照，阳光穿过树林的间隙，闪耀着金色的光芒。眺望层峦叠嶂的群山，心旷神怡，真是美极了！水库就建在这个村子的半山腰上，先是修沿山盘旋的一条条水渠，用来灌溉山上的农田。

第二年8月，水库终于修好了，心想可以松一口气了，不用再像之前早出晚归了！修水库比在知青点累多了，天刚麻麻亮，人就已经赶到水库工地了，午饭就在工地上简单吃一些，晚上收工回来，天已经黑透了，累得只想赶快回房间美美地睡上一觉。当时，我都有点后悔来专业队了，但又想总不能半途而废吧，就咬着牙坚持下来了。那时就盼着下雨，最好是下大雨，就可以不出工了。

没想到，有一天雨真的来了，而且是大暴雨。半夜时分，当我们被门外急促的敲门声惊醒时，发现雨水已冲进了屋子，鞋子浮在水面上，汪洋一片。来人说情况十分危急，要我们立即赶往水库泄洪，否则水库溃坝会殃及山下几十户村民的生命财产安全。只记得接到通知后，刻不容缓，我顾不上也来不及穿鞋，光着脚就出门了。当我们赶到水库时，水面已快和大坝平行了，先到的大队书记和一些社员正挖口子。我们也很快参与到了抗洪抢险的战斗中，我把裤管挽到大腿根，二话没说就跳进了冰冷的水中……天快亮时，泄洪任务终于完成，大家悬着的心也终于放下来了。望着天边刚刚泛起的金色光晕，望着山下宁静的村庄，我们都笑了……

人啊，当你做了一件好事或是有意义的事情后，即便再苦再累，你的心里也是甜的，你会感到奉献的快乐！后来，我被评为公社先进知青。

很快，两年多的知青生活结束了。1977年元旦过后的第二天，我走上了新的工作岗位，但这段知青生涯不会忘，农民种粮的辛苦不会忘！特别是惊心动魄的水库抢险一幕，尽管已经过去了40多年，但它依然清晰地刻在我的脑海里，让我终生难忘！

那是一个激情的岁月，激情的"青葱"在飞扬！……

周平

通信录中那些带黑框的故友

　　这天，手机又报警要我清理内存了，于是便操作起来。打开电话通信录、微信通信录，那千把个姓名在手指划动下一屏屏闪过，尽管也有不少已经是名不对人了，但绝大部分还是能见字如面的，十分亲切。翻着翻着，就翻到了几位已经永远打不通他电话、看不到他发朋友圈、对聊的师友名字。他们中有的虽已离去多年，却依旧音容宛在……

　　继文君，我曾经的一位顶头上司，20世纪80年代中期就相识的朋友、同好、同仁、兄弟，算起来他离开我们快10年了。

　　那时，一个在工厂搞技术、当厂长，一个在小学当"孩子王"，因为影评相识，而后又因为业余编辑县影协《松江影谭》成了"同仁"，更因为都是文学爱好者成了好朋友。也是巧，那时我俩都住普照路，相距也就百十来米。好些时候，他晚饭后散步，走着走着就踱到我家院子里了，我们聊文学、谈电影，交流《松江影谭》需要什么样的稿件，探讨什么样的栏目形式更能吸引读者。后来，我到了县委宣传部，他进了县委办。再后来，他调到宣传部成了我的上司。

　　之后在我们共事的近6年时间里，他始终是"场面上我是你上司，其他时间我们就是兄弟、朋友"，工作上该布置就布置，需商讨就商讨，善于倾听，大胆放手，我俩一直保持着良好的工作关系。继文君也是个戏曲爱好者，曾听他夫人说家里的收音机、电视机，基本上是定格在戏曲频率、戏剧频道上的。所以，闲暇时间，我们还像当年那样，常常会就某出戏、某个戏曲名家或新人、某段越沪剧或评弹唱段，捧着茶杯聊上好久。因而这才有了那年纪念建县1260周年举办"沪剧·松江"文化寻根系列讲座的设想、行动，邀请茅善玉、华雯、施小轩等沪上沪剧名家、权威人士来松，在一个多月的时间内，与沪剧之乡的广大戏迷、观众等，一同回顾松江与沪剧的渊源，感受沪剧在松江的兴衰起伏，一时间在沪上戏迷中产生了相当的影响。当时已经病重的继文君，还几次拖着病体到讲座现场，与茅善玉、华雯等见面、交流、合影，并坚持听完她们的讲演。

也是巧，一次闲聊中得知我为探寻松江沪剧历史而一直在寻觅解放前就出名、曾为少年丁是娥操过琴的谢永泉，他当即告诉我谢永泉他是叫公公的，小时候还与他们家住一起。随后便很快帮我联系到了谢的二儿子，使我的几次采访得以顺利完成。在此之前，找了许多年谢老及其家人的我，简直都快要绝望了哦！

顾扬兄，也是一位相识数十年的老朋友、好弟兄。这位有摄影爱好特长的广告公司小老板，我无论是公事还是私事去麻烦他，他从来就没打过回票，哪怕有的公事赶时间紧到连我自己都难以开口，但他总是二话不说，不仅一口答应，而且按时保质完成。记得那次文联换届，因为我的疏忽，造成一个协会团队的代表证未印制，等到发现时已是会议日当天一大早了。那时已在市区住院的他，接我电话后，马上在病床上指挥公司人员，即刻补印送到会场，这才没酿成更大后果，使我丢更大的脸。

顾扬兄虽是个生意人，但极少如今好多生意人的那种唯利是图，"钱么是赚不完的，只要基本保平够用就可以了"。对某些同行的抢生意，他甚至能宽容到连我这个局外人都看不下去的地步。我想，可能就是因为他的这种为人，所以才能结交到如此多的朋友——哪怕有些人其实根本不配

"朋友"这两个字，所以才能在他最后的日子里，会有这么多的人去与他真诚告别！

倪惊鸣老师，与他相识相交虽没有上述两位那么长时间，但应该说是我痴迷松江沪剧路上的一位启蒙者、引导者。是他，让我把他导演的松江那出红遍上海滩的沪剧小戏《开河之前》的前生后世弄明白，留下文字，辨明史实；是他，让我挖出了他当年率领松江沪剧团远行2000多公里，去兰州等地送去沪剧家乡戏难得的经历；也是他，让我这个松江本乡本土人，立志当一个家乡沪剧史料的挖掘人、记录者。

沪剧可说是倪老师一生的最爱，到了晚年他更是全身心扑在业余沪剧沙龙的辅导和爱好者的培养上。好些个如我一样的沪剧表演"菜鸟"，是在他的悉心教诲下，才初步学会了一腔一调、一招一式，从沙龙排练室慢慢走向了小小舞台。好几次，他看我表演上总是不太对劲，就把我叫到他家里，不厌其烦地手把手地指导我在台上该怎么站、如何走，手该怎么抬，眼要如何看。他以自己为例，告诉我个子并不很高的他，为什么在台上能做到并不显矮。可叹我到如今上台依旧还没达标，真是有愧于他老人家。

他这位蓝天沪剧沙龙的顾问，是导演，也是劳工。那次沙龙周年演出在小区里进行，场地早早地就坐得满满当当，连台口下乐队周边也被挤得水泄不通。节目演到又一个折子戏演员要上场时，正在舞台南侧拍摄的我，突然看见舞台北侧的他，正独自使劲把一张用作道具的八仙桌挪上台。这可把我惊吓得不知如何是好，因为我一下无法绕过去，而其他演员也正忙着没注意到这一状况，现场又是一片嘈杂声，喊他停手根本不可能，要知道他老人家那时已是年过八十的耄耋老人了呀！

手机中让我始终无法忘怀的师友还有好多，周良材、施小轩、张宝福、闵德贤、陈仲清、周法生、朱琪、孙永伟、王宏宇、武跃华、吴洁红、张辛……多少回，清理通信录时，一些许久不曾联系的人名删除了，可对这些故友，却总是不忍更不愿下手，于是便在潜意识中为他们的名字带上个黑框……

许平

我们是好朋友

那年秋天，青岛，刘真骅家，我与她围炉夜话，听她回忆 20 世纪 60 年代末，她和刘知侠让山东文学艺术界掀起轩然大波的那场生死恋。

一个 50 岁丧偶，一个 32 岁离异；一个是被打倒的著名作家，一个是被非议的窈窕淑女。风乍起，没人祝福，有人使绊子，遍地喊打声。

揪斗，盯梢，刁难，发配，怪力与乱神……今天看来荒唐透顶的事儿，她和刘知侠全都遭遇了。

她写下："泪眼相对不忍看，离愁别恨方寸乱。千言万语说不尽，泪化雨雪望君还。"她宣言："没有爱，毋宁死。"问天何时老？问情何时绝？她心在煎熬。她与刘知侠写"一地书"，一个云雾缭绕，一个暗号照旧，跟特工似的绝密，160 万字，泪滴千千万万行。

这当间她有过绝望，撕心裂肺地卧在刘知侠战斗过的铁道上……善念保全了她。她说，爱在，情就断不了；要断，天不答应。

她家客厅的墙上，是画家韩美林送的一幅《骈》，寓意墙上一匹宝马，墙下一匹宝马。因为刘知侠说过，他一生最值得骄傲的两件事：一是写出《铁道游击队》，二是娶了刘真骅。

1991 年 9 月，刘知侠脑出血猝然离世。以后每天傍晚的饭前，刘真骅总要把自己关在他的书房里，同时点上两支烟，放一支在他照片前的烟灰缸上，另一支给自己。她望着他的照片慢慢地吸，随着袅袅上升的烟雾，开始与他的灵魂对话。她把一整天的欢乐或是痛苦向他做无声的倾诉。她老觉得照片里的他会变换神色。她心情好时，原本凝眉沉思的他会抿着嘴深情地微笑；她忧愁悲伤时，他便冷峻严肃又爱怜地看着她。她把这个感觉告诉了孩子们，不知是同感，还是当她痴人说梦，孩子们皆沉默不语。

我听了，好像触摸了子瞻的小轩窗。我信。

后来她做了几件轰轰烈烈的事情：刘知侠封笔之作《战地日记》出版，《刘知侠和芳林嫂》和《红嫂》搬上了银幕，电视剧《铁道游击队》杀青，《知侠文集》付梓，还有"一地书"名为《黄昏雨》问世；她成为中国老年形象大使，登上了山东省十大感动齐鲁老人的舞台，臧克家为她竖起大拇指，迟浩田为她挥毫"晚节花香"。她的感言："吃再多的苦也得活出个人样来，每一个灾难来临的关口，要瞻望太阳；宽容是一种极高的品德，不要收藏积怨；好好地活着慢慢地老，精彩地活着优雅地老……"

那夜外面的世界不声不响，炉前的我们相识恨晚。她说，我的故事愿意让你知道。

旭日新透亮窗纱时，我和她站在了海边。

她越过波光粼粼的海面指着某一处说："那儿，当年我和刘知侠天天去，早上或者傍晚。一生一双人，一世一追寻。大海见证了我们爱的历程。"我用了她的一点点故事，写下三四万的文字，她看了，说，天涯逢知己，你懂我。

从那时起，常去看她成了我无言的约定。

最近的这一次，只为她一句"什么时候来看我"，我便拖起拉杆箱登上了飞机。

落地青岛奔向她。见她已站在家门前，依旧面白身修美丰仪。八十好几，一代佳人。早几年她就要我记住：女人一生都美丽。

癸卯春节的这个清晨，窗外疏雨飘过。思量我与她，不拘年岁不论辈分，忘年心迹亲？她说："我们是好朋友。"这六字，驻扎在我心。

李仙莲

老有所"养"

　　随着生活水平的提高和医疗条件的改善，我国人均寿命已超过77岁。虽说人生七十古来稀，但现在活到八九十岁也属平常了，这就意味着有些六七十岁的老人，既要帮早出晚归的儿女照顾孙辈，又要承担赡养高龄父母的重任，往往难以两全。人生暮年，把养老寄托在儿女身上已不现实，必须树立起自养的观念。

　　活到96岁的陈司寇老师曾经说过，最好的保健医生只能是自己——冷暖痛痒只有自己最清楚，运动健身只有靠自己坚持，心理健康也只有靠自己调整——任何企图依靠他人养老的梦想都会落空，不管是再好的医生，再负责任的保姆，或是再孝敬的子女，都不能去靠。

　　的确，要想晚年生活有质量，只能靠自养。

　　自养，先要养心。

　　人是有精神需求的动物，巴金就曾说过，我们不能单靠吃米活着。也就是说，人活着，除了满足口腹之欲外，还需要精神来支撑。

　　哈佛大学心理学教授艾伦·朗格在1979年做过一个实验：在一个老修道院里精心搭建了一个时空胶囊——布置成20年前的生活场景，邀请了16位七八十岁的老人，分成两个组——实验组和控制组，让他们在时空胶囊里生活一个星期。在这一个星期里，两个组的老人都沉浸在 1959 年的环境中，听那个年代的音乐，看那个年代的电影和情景喜剧，读那个年代的报纸和杂志，讨论卡斯特罗在古巴的军事行动以及美国第一次发射人造卫星。他们被要求更加积极地生活，一切都要靠自理。唯一的区别是：实验组的言行举止必须遵循"现在时"，即努力让自己生活在 1959 年，而控制组用的是"过去时"，即用怀旧的方式谈论和回忆 1959 年发生的事情。结果，两组老人的身体素质都有了明显改善，血压降低了，视力、听力、记忆力都有了明显提高，步态、体力和握力都有了明显改善，而且实验组老人的进步更加惊人，他们的关节更加柔韧，手脚更加敏捷，在智力测试中得分更高，有几个老人甚至还玩起了橄榄球。因为老人在心理上相信自己年轻了 20 岁，于是身体做出了相应的配合。

可见，年龄只是个数字，心态才是关键，只要还有追梦的热情，生命就能创造奇迹。"即使是九十八岁，我也还要恋爱，还要做梦，还想乘上那天边的云。"这是 92 岁提笔写诗、98 岁出版第一部诗集、100 岁出版第二部诗集的柴田丰奶奶在 98 岁时写的诗。

这个实验还证明，一个有事可做的老人，会比那些被全方位照顾的老人更快乐，活得更久。这一点在马斯洛的需求层次理论中也能找到依据。马斯洛认为，每个人都有自我实现的需要，包括认知需要、审美需要和自我创造的需要。当自我实现的需要得到满足时，满满的存在感往往能激发出蓬勃的生命力。我认识一位 89 岁的老人，每天上午在菜地子里打理蔬菜，中午骑着三轮车去卖菜，除了耳背，完全看不出衰老的迹象；诗词泰斗叶嘉莹先生已届期颐之年仍致力于古诗词吟诵的整理与研究，每天保持"发愤忘食，乐以忘忧，不知老之将至"的生活状态；日本最早的女性新闻报道摄影师笹本恒子，105 岁还在创造奇迹的路上，每天精致地打扮自己，活跃在摄影第一线……

人生虽然很短，生命的选项却有很多，完全可以利用余生去做一些年轻时一直想做却没有条件或没有机会做的事情。只要静下心来，在滚滚红尘中找到自己的生命支点，确定自己的生活节奏，并专注于当下的生命体验，就能乐而忘忧。"海学英语口语"的365打卡群里，就活跃着一批七八十岁的老人，坚持每天练习英语口语，弥补了小时候没有条件学英语的缺憾；中央音乐学院古筝老师开设的网络课程学习群里，也有一群退休后才接触乐器的大妈，练习特别刻苦，也算圆了儿时对音乐的梦想；日本纪录片《人生果实》展示了一对加起来177岁的老夫妻退休后隐居山林的田园生活——自给自足而又温馨浪漫，而这正是妻子心中向往已久的田园梦……心中有目标，生活有内容，做自己喜欢做的事，保持内心的自在与丰盈，这才是晚年生活的最佳状态。

当然，自养还要养身，只有管理好身体，才有能力做喜欢做的事。

生命在于运动，这是由生命的本质决定的。运动不仅可以降低三高，改善心肺功能，减缓肌肉流失，还可以释放消极情绪，提高睡眠质量，延缓细胞衰老，增强记忆力……找到适合自己的运动方式，并坚持不懈，那么出走半生，归来依旧是少年。

总之，静以养心，动以养身，两者相得益彰，才能活得健康，活得自在，活得精彩。即使满脸皱纹，白发苍苍，只要保持追梦的热情和活力，依然可以活成自己最喜欢的模样！

潘安农

派出所的人间美味

20 年前，我从部队转业加入公安队伍，首站是九亭派出所。在此工作虽仅一年，但结交了新战友，终生难忘，同样难忘的还有那人间美味。

这人间美味乃夜宵。我不吃夜宵，但值班组同事说，一定要吃，否则顶不住。我不信，但结果是上半夜还行，下半夜真的是眼发花、脚发软了，知道了什么叫饿得慌！

那时夜里很少有店开，但一家叫老板娘粉丝煲的店却大火，我们值班组会派一两人去买夜宵。晚饭后忙上七八个小时已是饥肠辘辘，冲到店里，攒动的人头、氤氲的雾气和勾魂的煲香一把攥住我的辘辘饥肠，我无力抗争此美味，先来一份填实自己，再按人头给所内值班者每人带回一煲。煲内以粉丝为主，还有卤蛋和大骨，一大砂锅。来店吃的都是熟客，店堂招呼的老板娘见我们来，会大声地对厨房喊："派出所的，加个卤蛋，多点料。"老板娘是那么肆无忌惮地当着所有食客的面搞"不平等待遇"，有人开玩笑："我们为什么不多加？"

老板娘会哼他一声："你吃饱回去睡觉，他们可是要干到天亮的。"马上又冲厨房嚷："派出所打包×份，也要多加！"

当然不是每次都有空去买粉丝煲，忙起来，夜宵也没空买。一天，出警办案分身乏术，到后半夜个个腹空腿软。一名家住当地的联防队员说："这样不行，我回家给你们搞点吃的。"他跑回家，鸡窝里掏出只大公鸡，地里拔萝卜、摘辣椒，将人间美味连锅端到了派出所——这"人间美味"一词是我们恨不得连骨头都吞下时发自内心而赞不绝口的。

万籁俱寂的夜晚，派出所时常人声鼎沸，灯火通明，一旦有大案大事，八方警力云集派出所，挑灯夜战，通宵达旦。下半夜，"搞点吃的"成了被增援派出所的责任和使命。有一天，我按所长的命令去完成这神圣的使命。说实话，下半夜了，能完成此任务真是不易。我开车在闭户无人的大街上兜着，终于找到一家 24 小时便利店，大喜过望。睡眼惺忪的店员见急匆匆冲进来的警察多少有点吃惊。我说，买吃的。环视店内，吃食有限，我吐出一句："能填饱肚子的东西我都要了！"他又吃惊地瞪着我，大概在想：这帮警察是不是饿疯了——这是我购物生涯中最豪横的一次：一下子买空一个店的吃食！

再后来，所领导也学精了，在办公室堆上几箱方便面、几包火腿肠，待到大家通宵鏖战肚子空空如也急待填充时，搬出整箱的方便面。一碗泡面满楼香，就连平日看到方便面想吐的人，此时也会在一片吸溜声中面桶扣脸，连称："人间美味，人间美味……"

文气小薯条

薯条是我家小猫，品种德文，应其名，似乎基因里就带文气！

我不在家时，书房是它待得最久之处：翻翻我摊开的书，嗅嗅我涂鸦的纸，啃啃我的笔——"好记性不如烂笔头"，这些笔我常攥它常啃，笔头都是烂的。乏了，它看看窗外风景，与我喂食的小鸟聊会儿大天；累了，就俯在书桌上做个雅梦，以卷为枕，细嗅墨香，魂倚芝兰。

我入书房，它必不肯放过每一刻学习的机会。

我看网课，它目光如炬，翡瞳圆睁，紧盯屏幕，比我专注。看到兴趣点兴奋处，粉蹼划屏，是想暂停？慢放？回看？它看课不拘一式一态：最文的，它蹲我胸前，猫头、人头同向平板，相看两不碍；最皮的，它跃我颈上，猫头共人头，只是人头卑躬垂首，猫首高昂在上；最气人，猫头贴屏，欲探其内，人头只观猫屁，唯摇头苦笑！

我打开电脑想写点东西，它必第一时间过来"帮忙"。它会先静静看我写一段——若有所思，似在揣摩我的脉络，又似在构建自己的文思。就这样，我写它阅，时不时用小爪追逐一下光标，给予我最精准、最及时的指点。当然，如果我不会其意，它会直接踏上键盘，输入一长串猫文。它文思泉涌，出爪极快，"妙"文连篇。然我愚钝，难解妙（猫）意，不得不删之。它见我如此愚顽不化，不可教也，也就懒得理我，卧我臂上，呼噜呼噜梦蝴蝶去了——眼不见心不烦。

宣纸铺开，写毛笔字了。猫先生蹲坐毡上，看我挥毫泼墨，专注安详，静如处子，像老师静观学生。

它姐打趣："你怎么不用小尾巴蘸点墨汁也一齐写呢？"

"哼，我才不上你的当呢！这黑乎乎的东西会把我的金黄美毛染成花脸张飞的。"

猫"老师"自己不上阵示范，但当我写得不认真不完美时，它会扒之拱之，或纸底操起，掀而扬之。有时还会怒而补上一爪，纸开天窗。我只得连连求饶，谨遵"老师"指教，认真书之。书毕，它踏纸巡而视之，检查作业，真乃"严师"也。一次，墨迹未干，猫足踏上，印得纸面梅花点点，拙作顿觉仙气飘飘。我每给作品拍照，它必出镜——这可以理解，我刻苦学习，它有"教导监督"之功，露一小脸，理所应当。

我有寝前阅报习惯，它好像也有。我报纸举起，它便扒报讨要。我急急阅后给它一张，它展于身下，"指点"美文，啃之嚼之，细细"品味"，享受如我，不，享受胜我。然我一叠报纸阅毕，它早已静卧报上，苏州去也！

周明

奶奶养了芦丁鸡

"奶奶养了5只鸡呀,什么鸡什么鸡?奶奶养了芦丁鸡呀。芦丁鸡,芦丁鸡!芦丁鸡呀,生蛋蛋呀!生蛋蛋!生蛋蛋!弟弟爱吃芦丁鸡蛋呀!弟弟爱吃芦丁鸡蛋!啦啦啦!"

孙子每回来到奶奶家,第一件事,总会跑到芦丁鸡窝旁,查看芦丁鸡有没有生蛋,边看边唱这首奶奶教的《芦丁鸡之歌》。

不知从什么时候起,也不知是什么原因,奶奶对养芦丁鸡产生了兴趣。问我要不要养,可不可以养,怕我反对。对于养鸡,住在大城市的小区内,肯定是不愿意的,也是不允许的。奶奶便说,"此鸡"非"那鸡",强调说芦丁鸡蛋营养丰富,有利于孩子生长,还将从网上查到的有关芦丁鸡的相关知识条文给我看。

还真是的,它不是那种草鸡、桃园鸡。它是鸟的一种,是由斑翅山鹑与蓝胸鹑杂交培育而成的一种特殊小鸡,也叫迷你鸡。目前培育的芦丁鸡有原色、栗色和纯白色三种,因其富含可以降血压的成分芦丁而得名。芦丁鸡中所含的维生素 A、D、E、B 族和锌、铁、钙、碘、硒等均高于普通鸡蛋,尤其是胆固醇远远低于普通鸡蛋20%—40%,特别适合老人和小孩食用,长期食用可以提高智力,延缓衰老,促进儿童智力的发育,增强记忆力等。

看来不支持也不行了，毕竟她是为了孙子，已经做好了思想准备：一不怕臭，二不怕脏，三不怕累，四不怕烦。

恰好，在视频号里，她看到她的一个朋友，也养了几只芦丁鸡。于是，便向她的朋友打听、讨教如何养这种鸡。在对芦丁鸡做了一番更深入的认识和对养鸡的方法有了详细了解之后，她基本上心里有底了，便开始了她的芦丁鸡养殖。

她从网上查阅了芦丁鸡的鸡窝。什么样的鸡窝才是最合适的？因看到特制的鸡窝好看，便下单买回来。没过几天快递送到，她急不可耐直奔菜鸟驿站取回。等我下班回家，她急切地对我说，快把鸡窝拼装好，芦丁鸡已经在路上了。原来，在购窝的同时已下单购买了3只芦丁鸡。看着她如此着急的份上，我晚饭也顾不上吃，就拿起工具把鸡窝给装好。木质鸡窝，三面木板，一面有机玻璃，便于观察，上面有木盖头，还有喝水用的水杯、吃饭的盆子和一些玩耍的小摆件及下蛋的草编筒形小库。随后，我们按照介绍铺上发酵床。

随着敲门声，快递将装有芦丁鸡的包裹送到门口，快递员说一看是活鸡，不能过夜，立马就送过来了。上海的夏天，今年尤其高温。她很激动也很兴奋，连忙道谢。

随即动作麻利地打开盒子，里面有铁丝织成的小笼子。两只鸡活蹦乱跳，很有精神；一只鸡似乎在运输途中被压到了，有点蔫。她马上放入窝中，按照客服的提示，给鸡喂食、吃药。结果，不几日，那只鸡还是升天了，她难过了好一阵子。按购买时的约定，在运输途中受伤有意外，卖家要赔偿。于是，她也就耐着性子等待卖家发货。等收好货，放归笼子，看着鸡吃食。喂鸡，处理鸡粪，成为她每天一早起来的头等大事。她欣喜地看着鸡慢慢长大，鸡毛丰满了，颜色也有了变化，雌雄分明，一目了然。她高兴得似小孩一般，给几只鸡取名：雄的叫花花，雌的叫小呆、波波。

养了一段时间，看鸡不下蛋，于是又向她的那个朋友打听是啥原因。朋友告诉她，温度不能太高，营养要跟上，要适当喂一些虫子。有句话不是说，早起的鸟儿有虫吃吗？说明鸟喜欢吃虫子。于是她便又开始忙碌起来，下单购买鸟笼，要把它们放入鸟笼中，可以降降温、透透气。她又买了一些虫子，帮助迷你鸡增加营养。一开始，她是用镊子来喂鸡的，看小鸡们上来抢食，于是从小怕虫子的她，手套都来不及戴，直接抓起一把虫子放入鸡窝。

功夫不负有心人，一段时间后，两只鸡下蛋了。她兴奋得像孩子一样跳起来，满脸笑容，这样一来又激发了她的兴趣。又下单购买了 3 只鸡，纯白色的。纯白的看起来高贵些，但是也金贵些，不好养。快递途中也如之前一般，有一只鸡有点蔫，很快便死了，卖家就又赔了一只。但因天气炎热，上海连续超高温，致使小鸡也承受不住，又死了一只。我看到这样的高温，专门花钱安装了铝合金遮阳板，但也只能解决遮阳的问题，没有解决高温的问题。

5 只鸡挤在一个鸟笼里边，一开始相安无事。突然有一天，她发现小白的头上都是血。原来一只花母鸡下蛋了，一窝容不下二鸡，大白把小白啄了，要驱赶它，再不分开就要被啄死了。她看着这些，又起了善心，说太挤了，又打斗吵闹，互撕互掐，故又下单购买了一只鸟笼。将 5 只鸡一分为二：一个鸟笼里 2 只，另一个鸟笼里 3 只。由于有了之前的经验，这回养得还算好，下蛋也正常。

当孙子来看她的时候，她便把自己童年时的儿歌，重新填词为芦丁鸡之歌，教给了孙子。孙子也高兴地学唱，每周来的时候，必先唱这首歌，并不时问芦丁鸡下蛋了吗？

奶奶与孙子高兴地观赏着迷你鸡。奶奶一如既往地饲养鸡，孙子也不停地有蛋吃，并且欢快地唱着这首儿歌。

侯建萍

编辑部里二三事

一

今日入伏。

窗外，一行香樟与含笑树在烈日下安静得仿若在念佛，绿叶也如此淡定，未曾放松而抖动一下 。蝉声阵阵，由远而近。我不以为那是一种噪声，那该是团结的力量，那么整齐，那么有力。我相信，它们也是讲规则的，一蝉起声众蝉合，20秒左右慢慢停息，大约休息30秒，再一起高歌。至少，我听到的是如此。

泡一杯绿茶，学一棵树的模样静下心。然而，思绪飞扬。编辑部里的点点滴滴，如小树苗探出头，让我感受到了一抹绿意与清凉。

二

鄙人有幸参与《松江人文大辞典》档案分科的编写，更荣幸能与学识渊博、涵养深厚的老师们在一起做事。两年，在我人生的道路上，也许很短暂，但足以让我受用往后余生。

每个工作日，当我走进办公室时，总会看到欧粤和吴纪盛两位老师已伏案工作了。原来他们早在 8 点前就到办公室了，几乎天天如此。

　　办公室里很安静，除了有关大辞典编写的讨论外，就是键盘与翻书的声响。那种对时间的珍惜、对工作的忘我、对学术的严谨、对彼此的尊重、对大辞典所付出的一往情深，犹如一股清泉，感染着我。

　　作为执行主编的欧老师，不仅要选定词条，协调各分科主编以及对完成进度的关心和了解，还要对每一分科定稿后每段释文的表达逻辑和史料的准确性进行辨识，更要与主编陆军教授一起商定、落实每一卷的评稿专家……面对如此繁重的工作量，他气定神闲，从容不迫，一件件落实，一字字看稿。2022 年 7 月底，他去医院做了修补半月板手术，在家静养的日子里，仍坚持工作，完成了封控期间在家未写完的明清文学家词条，合计 4 万多字。其实，早在两个月前，他走路已经开始缓慢，上下楼要借助楼梯扶手。为了不影响工作进程，他硬是坚持天天上班，处理各种事务。对于分科的编写进度，他总是记挂在心，或电话、微信询问，或直接去分科主编处。有一次听到他打电话："听说你最近眼疾，好好休息。已经写的 10 多万字，内容较全面，文字也流畅，基本符合词条要求。你不用着急，最后一部分过段时间写，现在最主要的是养好眼睛，如有什么困难对我说……"一次是接听电话："别着急，是否需要帮忙？你是新松江人，对松江不是很熟悉，我来联系一位对松江旅游很有研究的老师，我们一起商讨一下。另外你白天上班，晚上还要带孩子，有两个景区的词条我安排其他人写。"难怪陆军教授不止一次说："欧粤先生学识渊博，文史哲兼长；耆德忠正，智善信兼具。他具有很强的统筹协调能力，是一名前线指挥官。"

　　编辑部主任吴老师，是一位博学多才、恪尽职守的老报人。2022 年是不平凡的一年，但对于他来说，更是身心疲惫、痛心入骨的一年。8 月初，他夫人因病入院，不陪护的日子，他就到单位上班，不是打电话找人挖掘信息，就是看书找资料，不断发现新的内容，不断充实，把词条撰写得更加完善，做到了精益求精。两星期后，他夫人转入市医院，是不能陪护的。他天天上班，把煎熬难过的时间用在工作上。他认真审阅每一分科主编的初定稿，提出了许多有价值的建议和意见。如明代朱鹤、朱缨、朱稚征祖孙三代开创了嘉定竹刻艺术流派，据《嘉定县志》记载，定居嘉定的朱鹤从松江迁入，应该收入我们松江词条。李流芳，安徽歙县人，侨居嘉定，是明代著名书画家，但不适合入松江词条等。9月，他夫人病情恶化。每星期他总要接到一两次电话，顶着高温赶往医院。即便如此，每天早上他总会出现在办公室，一遍遍翻阅《大辞海》《上海大辞典》，写下一行行整洁又颇具神韵的文字，留下了一大沓宝贵的手稿。令人惋惜的是，他夫人在9月还是离他而去。处理完丧事的第四天，悲痛与憔悴的他，依然出现在办公室，继续他的工作。陆军教授在《总序》中写道："即使在亲人有恙，经常在家、医院奔波时，他也坚持认真收集整理材料，悉心撰写词条，召集'老部下'商讨编写工作，做到工作、家事两不误，无怨无悔，尽心尽力，体现了一个老报人所具有的敬业精神与学者风范。"

三

办公室里的下午茶歇，不能不写，因为茶歇可以让老师们暂时放下手头的工作，我们称之为轻松一刻。当咖啡的香味伴随着热气弥漫在身旁时，心情也是放松和愉悦的。茶歇一般是每人一小杯咖啡、一小碟水果和两小块点心。水果、糕点都是老师们购买后带来的，而咖啡都是吴老师买的。他总是在还有大半桶时，就已经买来了新的一桶，有时甚至一次带来两大桶，从不给我们购买的机会。茶歇时光，欧老师常常拿起装有水果的小碟，在办公室里边吃边慢慢走动。吴老师则起身坐到沙发上，点上一支烟。此刻，谈的话题也是轻松的。譬如，今天的水果色彩好，口感也好。又譬如，今天吃的大个李子，是欧老师夫人种的，特甜，是如何施肥与管理的等。即便闲谈，也从不议论他人是非。喝咖啡时，他们习惯边工作边品尝，喝完一小杯咖啡，大约半小时之久。

蝉声再次由远及近。我想到了唐代诗人杜甫的一句诗："在山泉水清，出山泉水浊。"此刻，我想说编辑部就如一股清泉，滋养人生。

李烨

松江映像之旧梦白龙潭

冲动是魔鬼！可身处激情飞扬的年华，又有什么能够抑制青春的冲动呢？对于青春，我总有这样的理解：青春偶尔的冲动、些许的放纵或者是轻狂，总是一种生命力的张扬。只要不是毁灭性的，只要不是伤害性的，只要不是嚣张或为所欲为的，只要不是抑善行恶的……当然，最为关键是青春冲动的结局一定要美好的，哪怕留下些许遗憾。我甘愿不厌其烦地为青春冲动正名，可以肯定的是不是为了自己曾经有过的冲动，但也不能否认，在这一通说辞背后藏着的是自己对青春年华无与伦比的艳羡。

穿过松江的街市，去捕捉松江的旧迹，抚摸一下自己渐白的鬓发，我忽然发觉自己的青春余额已经所剩不多，不觉感慨时间都去哪儿了！松江的往昔，像影片一样在我的脑海里忽忽闪现，我仿佛漂浮在过往的时光里。思绪漂流，向着时光深处漫溯，漫溯…… 最终搁浅在明代松江的白龙潭边。

我知道这里曾发生过的故事，那是一场让史书也不免八卦一番的青春冲动的片段。

恐怕是季节的缘故，白龙潭凝固在了霜寒里，承受忍耐着寒冬的虐待。那一番清冷，挥之不去，又好像是在江南的骨子里散发出来的，绵长不绝，持续不断。仿佛既能透过江南人的衣着，侵袭人的肌肤，渗入骨髓。当然清寒经过一整天的消磨，晚上会有所改变，因为这个季节里白龙潭的喧嚣不仅属于白昼，而更多地属于夜晚。到了晚上这里会喧嚣不已，湖面画船游弋，红灯高挂，湖岸人影憧憧。在这个少有的江南富庶之地，夜生活是属于文人雅士、达官显贵的，因为这白龙潭的确是附庸风雅的好去处。月印潭心、翠华旭日、远浦归帆、芦庵听雨、西林夕照、大寺晚钟、堂荫遗碑、柳荫渔唱等所谓白龙潭八景，声名远播。单是这潭上、潭边，草长莺飞，浮光掠影，就足够吸引红男绿女们纷至沓来，俯仰观瞻。

一画船红灯高悬，笑语声喧，浮行良久，缓缓着岸。少年才俊数人弃舟登岸，不舍回望。一少年流连不已，且行且顾。

船中燕语莺声："就此别过吧！人生别离寻常事，况相逢于萍水。"

岸上少年急言："知音难觅，唯愿终生相守。"

船中人叹道："风尘之身，可值顾惜？"

岸上少年言："视若珍宝。"

船行离岸。船中人语："何见此心？"

岸上少年复言："愿死生相随！"

船中人冷笑："隆冬酷寒，赴水相随可也？"

岸上人发足欲投身潭水，同行人相拥拦阻。岸上人遥呼："明日待我！"声音在空旷的潭上回响，坚定而又急切，仿佛能穿透时空。

晨起的船家都穿着厚厚的袍子，却依然冷得牙齿打战。白龙潭碧波相连，把远处的寒气由潭心绵绵不断地输送上岸，一丛一丛的芦荻，被动地承受着凉风的洗礼。芦花像是承受了一夜的寒凉，唯有重重低垂，而无所适从。天空中几声孤独的喜鹊叫，显得天更空旷高远清冷。寒冷是隆冬时节松江时空中不变的旋律，只是每逢清晨时节这旋律变得更加恢宏罢了。

那艘浮在白龙潭里的精致画船开始飘动，并逐渐离岸，像一串自由的音符随风飘向天水之间自然的旋律中。画船上红色灯笼仿佛给这清冷的境界带来一丝暖意。画船缓缓移动，依稀触到了这一弯清潭的生机，这深冬的画面变得灵动了许多。

"某来也！"昨晚的那个少年飞奔而来，飞动的身形搅得岸边浓浓霜雾也飞旋起来。岸边的渔夫、船家吃惊地望着这个疯狂向白龙潭奔赴而来的少年文人。人们疑惑，这少年文人此时怎像一个粗鄙的莽夫。来不及船上人的应和，少年已经扑通一声跳入潭中，向着画船游去，岸上留下撕扯下来的衣物、布鞋和吃惊呆立的众人。那落入潭中一声回响激起层层寒气，同时也在历史的时空中荡起了层层涟漪。

望着那落入潭中的背影，我哑然失笑，得意于我是时空这岸的清醒者。我知道这故事的开端，我也知道这故事的结局。我曾为这段逸事感慨，为他们只有开始而没有结局的缠绵爱恋感慨，为这少年的痴情和莽撞感慨，但我发现，我的感慨里没有一丝嘲笑和轻慢，而充满了同情和感动。于是，我只有一个念头，力图用我的笔，描摹青春的冲动、青春的唯美和青春里洋溢着的雪片一般的忧伤。

"我看青山多妩媚，料青山看我应如是。"那船中的女子就是300多年前，吟出这千古名句的江南才女柳如是，那赴水相逐的少年文人则是松江声名远播的才子宋征舆。他的一首《蝶恋花》有云："偏是断肠花不落，人苦伤心，镜里颜非昨。曾误当初青女约，至今霜夜思量著。"今天读来，依然让人泪湿眼眸。只可叹，郎才女貌，惺惺相惜，遇对了时光，却错付了情肠。

冲动虽不是青春的专利，但冲动常常发生在青春期。我们因青春而谅解冲动，我们也因冲动而认识青春。我们铭记青春，而谅解冲动，谅解鲁莽，甚至谅解些许无法避免的错误，因为我们宽容，以青春之名。

倪红霞

一步步地前行

认识红红的人都说她很聪明。红红之所以被人们认为很聪明，是因为她总是能品尝到"最新鲜的葡萄"。一直以来红红都像蜗牛一样，在葡萄还没有成熟的时候，就开始一步一步地向着葡萄前行。

蜗牛曾经羡慕过蚯蚓，没有骨头但可以钻入泥土，有土地的保护。

蜗牛也曾羡慕过毛毛虫，没有骨头但可以破茧成蝶，飞向蓝天，有蓝天的保护。

蜗牛也曾叹息自己没有靠山，只能背着重重的壳，一步一步地前行。

红红也曾叹息自己只能背负着生命的责任，一步一步地前行。

记得小时候，母亲说得最多的一句话是："红红，别学习了，快休息休息吧。"

红红总是笑着回答说："不行啊，小蜗牛要品尝最新鲜的葡萄啊！"

"小蜗牛要品尝最新鲜的葡萄"的故事被老师发现了。他经常在学校里给同学们讲："有个小孩叫红红，她非常热爱学习，她被评为市级三好学生。她总是说自己很笨，要像小蜗牛一样努力前行……所以红红总是能品尝到最新鲜的葡萄。"

小时候，在红红家的小院子里，经常可以看见许多同学聚集在一起学习。尤其是考试前夕，红红要辅导很多同学的功课。家长们都鼓励孩子和红红交往，总是去学校请求自己的孩子能和红红同桌。

春夏秋冬，清晨，当很多孩子还流连在温暖的被窝时，红红已经开始晨读；夜晚，当很多孩子已经进入梦乡时，红红还在挑灯夜战。就这样一个想品尝"最新鲜的葡萄"的红红长大了。

红红长大了，成长为一名企业管理者。蜗牛的精神一直鼓舞着她，让她一步步努力前行。

有一次，红红撑着一把太阳伞走在拜访客户的路上。突然，电闪雷鸣，倾盆大雨。顷刻间，大地一片苍茫。这雨不是在下，简直就是天破了，水是从天上泼下来的。红红成了天地间的一个小点点，一阵荒凉掠过红红的心头。红红问自己："我在做什么？我要走向何方？"

前方烟雨朦胧，路旁有一家咖啡店，淡淡的咖啡香气弥漫在空气中。红红好想走进咖啡店，喝一杯热热的、香香的咖啡，但是红红怎能那样做呢？

信以立志，信以守身；勿忘立信，当必有成。此刻，遵守承诺，按时赴约的信念，支撑着红红。

风，越来越大；雨，越来越猖狂。

风吹断了两根伞骨，但吹不走红红努力前行的决心。

到达客户公司的时候，红红已经是一个水人。在化妆间里，红红拧干衣服上的水，补了一下妆容。走出化妆间时，红红对自己说："加油！"

14点，准时见到客户。彼此交流得非常愉快，签订了合同。

当红红走出客户公司的时候，天晴了。

在返回公司的路上，红红突然发现一只蜗牛正高举着触角，用尽全身的力气，伸展着腰肢，沿着水泥柱向高架桥爬去，蜗牛正诗意地抒写着生命的色彩。

蜗牛知道，与其躲在壳里不动，不如仰头看太阳，用双脚丈量大地，用眼睛触摸阳光。只有向前，才会让自己品尝到"最新鲜的葡萄"。

蜗牛爬过的路径留下淡淡的液迹，那是血与泪的凝聚，粗糙的水泥柱，摩擦着蜗牛的身体，蜗牛痛着、攀升着，一步一个印记，曲曲折折一行印记，在阳光下闪烁着光芒。

望着蜗牛，红红眼前一片模糊。生命的意义在于努力，每一个生命无法改变生存的环境，但可以改变自己，努力点，再努力点，以坚韧不拔的毅力，创造生命的奇迹。

在人生的路上，虽然我们没有一双飞翔的翅膀，但我们有一双坚韧的脚，坚定又勇敢，像蜗牛一样向着太阳一步一步地前行，去品尝"最新鲜的葡萄"。

吴文利

在临安山间过端午

　　山间的晨，醒得格外早。淅淅沥沥的小雨敲打着翠绿的竹，发出了沙沙的细声。鸟鸣婉转清脆，雄鸡高亢嘹亮，还有淙淙的溪水声相伴入耳，时而掺杂着几声犬吠。推窗远望，一股清新舒爽的晨风瞬间扑面而来，不由得你不深吸一口气，着实洗涤了一下早被城市的废气熏染的肺。抬头望山顶，烟岚云岫，令人心旷神怡。"烟岚云岫，洲渚林薄，更相映发，朝莫万态"，陆游的《万卷楼记》突然跳入脑中。临安端午节的早晨就这样撞入我的眼。

　　一番洗涮后，我便在阳台上拉开架式，用口琴为大自然的歌唱家们进行了伴奏。妻子则默默为我沏上一杯安吉白茶置于阳台的小桌上，然后打开房门通风吸氧。不多时，"端午安康"一声问候打断了我。只见杨姐和寒冰，她俩一人手拿松江常见的三角小粽，另一人则拿着白糖来访。杨姐说，不知道这里的端午节是怎样过的，怕大家错过了这一佳节，昨天过来时带了些自己包的松江素粽。端午岂能无粽！看见粽子肚子就不争气地叫了起来。于是，大家围桌而坐，动手剥去粽衣蘸着白糖分而食之。轻咬一口，满口生香，那甜蜜的感觉直浸肺腑，过节的滋味便从舌尖弥漫全身。

　　俗话说："十里不同风，百里不同俗。"那么地处浙江西北部天目山区

散文

147

既带有吴越文化浓重色彩，又呈现出浓郁浙西区域文化色彩的临安，与松江的端午节又有什么不同呢？记得《西湖老人繁盛录》中记载，南宋时期的临安，每到端午节当地有游西湖赏荷花的习俗。不知这里是否也有此俗？

我们入住的龙聚山庄位于太湖源镇白沙村阳山坞，一年四季风景优美，夏季更是避暑胜地。老板为人豪爽热情，为每位客人准备了一个三角小粽。临安三角粽外形与松江的相似，三个尖角分明，用纱线缠绕两圈。不同的是，这三角粽是肉粽而非素粽，其味与松江肉粽稍有差别。才食松江粽，又品临安粽。

边吃粽子边与老板闲聊。他介绍说，此地端午节与其他地方基本相似，吃粽子、佩香包、饮雄黄、食五黄、挂艾叶、悬菖蒲等。我问起临安城内是否还保持着游西湖赏荷花的习俗，他一脸疑惑地反问道："有此习俗吗？没听说啊，我们山里没有。"

早餐过后，同来的十几名伙伴就聚在一起商量着去哪里游玩。有人说去太湖源景区，有人说去神龙川景区，有人提议去红叶小镇打卡。望着连绵不断的雨，我建议去红叶小镇为妥，因为雨天山路湿滑不安全。大家听从了我的建议，决定去小镇一游。我和左老师因腿脚不便没有同往，则留在山庄品茶、赏雨、听风。

山间夏天的雨总是变化莫测，时而轻柔灵动，超凡脱俗；时而伴随惊雷，酣畅淋漓。望着窗外的雨景，勾起了左老师的诗情。他突然轻吟了一句"满室茶香听风雨"，我一怔，随口吟来"闲依玉簟品人生"，他竖起拇指赞"好句"。想了想他又道"雄黄一盏醉端午"，我接口"粽缠五丝系友情"，俩人相视片刻即哈哈大笑。

一笺浅夏，拾忆流年，我将该韵定名为《癸卯端午观雨有感》。

"清风一室闲钟磬，疏雨幽窗自看书。"清风一缕，茶香满屋，疏雨相伴，闲情笑谈，素心坦然，清欢如许。

我在临安山间邂逅了别样的端午节。

顾夕

邻家有狗

前段时间搬了新家，刚走到家门口，身后便传来一阵低沉的吼叫声，把我吓了一大跳。回头一看，一条中等个头的拉布拉多犬正虎视眈眈地看着我，它的身下是一个简陋的窝。我掩饰着内心的紧张，故作镇静地怼了一句："我回我的家，关你什么事？"

狗是人类的好伙伴，聪明，通人性，智商相当于五六岁的小孩，能完全听懂人类语言，就差不会说话了。听到我的话，这狗并没有善罢甘休，而是依旧不依不饶地叫着，似乎对我的"教育"很不服气。这时，对门的女邻居开门出来，训了几句，那狗就不吱声了。她连忙向我道歉："不好意思，打搅您了。这狗不乖，怎么教都不会。白吃我这么多肉骨头。"

第二天，我在小区花园里又遇到女邻居，她正带领着三条狗散步。一大家子出门，浩浩荡荡，气势磅礴，把路都占满了。走在前面的正是昨天对我狂吠的狗，这次它没有朝我吼，大概是女主人在的缘故吧。我阅狗无数，对狗的长相还是有一点发言权的。凭良心讲，这条狗长得真不好看，塌眼皮、扁脑壳，身上掉毛严重，好像打的一个个补丁，而另两条都是泰迪，小巧玲珑，活泼可爱，上下跳跃，时不时回头深情款款地望向主人，做个鬼脸，伸伸狗腿，很会讨主人欢心。深秋时节，明得耀眼、黄得璀璨的银杏叶落了一地，而棕色的泰迪仿佛是点缀其间的小香菇，圆润可爱，让人忍不住要俯下身子去抚摸一番。

我说，你养了三条狗，照顾起来还是挺辛苦的哦。她笑了笑，两条是自家的，一条是人家的。养狗挺开心的。

听其他邻居说，"人家的狗"原来是一条流浪狗，是自己投奔过来的，吃住方面待遇都要差一些。新主人把它安置在自家门前的走道里，让它担任警戒任务。夏天没有冷气吹，冬天寒风刺骨，但"人家的狗"特别忠诚，不论严寒酷暑，没有得到允许，绝不会离开岗位，而一旦有人靠近，必定大声报警。它长得难看，一副凶相，叫声更可怕，把不熟悉情况的人吓得够呛。邻居意见很大，上居委会反映过几次。为此，"人家的狗"没有少挨主人的骂。但是骂归骂，它还是不改初心，忠诚地守卫着大门。

它其实很乖，要撒尿的时候，会自己坐电梯下楼到花园里解决，这点足以甩那些随地大小便的狗子好几条街。它会把门口的地用嘴巴扫得干干净净，还会替主人取东西。主人出门，它必定在前面开道。主人讲的话也都听进去了，可一到关键时刻就忘了。也许在它的生命里，看好主人家的门是天下第一等重要的大事，它要用自己的出色表现报答主人的收留之恩。有时候狗子之间打架，两条养尊处优的泰迪往往跑得无影无踪，只有它勇敢地守护着主人。

那天，我和"人家的狗"做了一次"长谈"。我说，我们回自己的家，不是进你家门，你没有资格吱哇乱叫。以后再乱叫，叫你主人罚你三天不吃饭。显然，它被吓住了，凑上来使劲闻了闻我。从那以后，我回家的时候再也听不到狗叫声了。

现在，周围安静，我不禁想再听听那熟悉的叫声。

洪丽

田野里的天星星

以前上班的单位在新开发区，地处荒郊野外，马路两边绿化带还没修建，杂草丛生。

偶然的一次，我竟然在一群杂草丛中发现了几棵天星星的踪迹，一攒攒嫩绿色的果实如风铃般摇曳，这令我大喜过望。我一直以为，天星星就像黑土地一样，是我东北家乡特有的。

于是，我不再急于赶路，会在它们出现的地点放慢脚步，认真搜寻，看上几眼，就像探望一个久未谋面的老朋友，亲切、惊喜、温暖。

从那以后，我不再是一个人行走。一个是现实中的自己机械地迈动双脚，另一个是灵魂深处的自己，沿着虚拟的路线，潜回故乡，回到村庄，回到老屋。

老屋的房门开在北面，南面是母亲种的菜园子，北面是一片高大茂密的白杨树林，房屋东侧有一条通往菜园子的小门。我们不走寻常路，常常贪图省事、方便、快捷，甚至连鞋子都不脱，直接上炕从窗台一跃而下，跳进菜园子里。

我们每天都会去菜园子里巡视一番，免得被其他人捷足先登。小时候的夏天，菜园子里这一棵那一棵、这一丛那一丛的，总有挂满了枝头的天星星浆果，圆圆的、甜甜的，黑嘟嘟、水灵灵，让人看着就眼馋。天星星的果实大都是紫黑色的，像蓝莓般泛着光。也有金黄色的，晶莹剔透，比紫黑色的果稍大也更甜。房前屋后、田间地头、路边沟旁……都能和它不期而遇。它的生命力极强，无论人踩车碾、鸡啄牛踏，只要有点土，便能蓬勃地生长。

小时候，我们都这样唤它天星星。如今，我才知晓它有一个高大上的学名——龙葵。说实话，初次听到，很是震惊。从没想过，这么卑微平凡的植物，名字竟然和中华民族的图腾龙有着丝丝缕缕的联系。

每次见到一嘟噜一嘟噜黑紫色的天星星，我都两眼放光。只见它们有的优哉游哉地在你眼前荡秋千，有的心存侥幸藏匿于叶子底下，却都难逃我们的法眼。经不住诱惑，哪里顾得上清洗，谁还管他卫不卫生，三下五除二，撸一串成熟的天星星填进嘴里，咬下去有爆浆的感觉，一丝丝甜味在口腔中蔓延，顿时解馋解渴，整个人心里都亮堂堂的。多年以后，天星星和小伙伴的欢声笑语一起，都沉淀在愈渐浓烈的乡愁里挥之不去。

20世纪七八十年代，现在看起来最普通不过的苹果、香蕉、葡萄，那时却是奢侈品。如今的孩子，从小在城市中长大，离大自然似乎越来越远，他们身边不缺各种美味的水果，对于这种野果，他们是不屑一顾的。可对于我们来说，天星星满足了我们童年的味蕾，一想起来，都是童年美好的回忆。

据说龙葵果实有毒，即便成熟变紫的也有微毒，却是我们童年的美味。

童年的生活无忧无虑，日子像瓦蓝瓦蓝的天空，纯粹快乐得没有一丝杂质。空气清新的菜园子里处处散发着淡淡的泥土和芳草的气息，沁人心脾，令人心旷神怡。我们徜徉在菜园子里大快朵颐的时候，麻雀一定羡慕我们可以肆无忌惮地品尝美味，而它们只能偷偷摸摸，冒着被嫌弃、被驱逐，甚至被捕捉的风险。

我在菜园子里享受着大自然的舒畅与甜美，此刻风在院墙上睡着午觉，我的朋友是蜜蜂、蝴蝶、螳螂、蚂蚱和花大姐。就连花脚蚊子也来凑热闹，像个伴舞演员一样，起劲地围着我转圈圈，嗡嗡地叫个不停。菜园子像是一个美妙的世界，流淌出曼妙的音符，回味悠长。

儿时的我对世界一无所知，村庄的土地就像一张大网，又像四堵高墙，将我团团包围，与世隔绝，我以为村口那条小路就是世界的尽头。一丁点的喜悦就能将我的世界填满，被幸福填满，还会溢出来，将我淹没。

时间像筛子，过滤掉那些贫困穷苦、封闭落后、混沌无知、痛苦和磨难，最后剩下的都是美好和甜蜜。我并不知道，自己当时正被一种平淡深远的幸福包围着，直到现在才隐隐生出一种酸涩感。

某天散步，忽然发现路边似乎有一棵熟悉的植物，俯身端详，发现心形绿叶间掩映着串串娇小玲珑的紫黑色球形浆果，像少年明亮的眸子，晶莹剔透里闪耀着诱人的光芒：忽然就有种似曾相识的感觉，好像小时候在家门口吃到的天星星。不知是哪阵风吹来的种子，这棵龙葵，竟长在小区河边的花坛里。

只有一棵，开着五六簇白色的小花，有的花苞尚未张开，有的已结出绿色的小果。叶片小巧单薄，卵圆形，五六片聚成一簇，一条花梗就从一簇叶片下方伸出。花朵稍稍垂下，很像芭蕾舞者的小裙子，有些娇羞的味道。无论是叶片，还是花朵，分布恰当，显得疏密有致。绿色浆果会慢慢变成黑紫色，一颗颗一串串，如同夜空里漫天的星斗，明亮闪烁。

这次邂逅，让我内心充满了温柔的欢喜。

我确信这就是童年的那棵天星星，它不远千里来看我，在路边默默等候，执着地等待和我相认的那一刻。

谌贵芳

我的父亲

如果父亲在世，今年就 100 岁了。

我的父亲 1923 年出生，2013 年去世，离开我们整整 10 年了。

我的父亲活了 90 岁，是个地地道道的农民，但他一辈子热爱生活、淳朴善良、厚道正直，活出了一个农民清明圆满的一生。

我的父亲，不是党员，却做了一辈子的生产队长。大集体时，父亲带领社员修桥铺路，筑坝挖渠，兴修水利，战天斗地，热火朝天，春种夏长，秋收冬藏。

分田到户抓阄时，生产队里的那些劣质农具物件、贫瘠土地大家生怕抓到，父亲就主动要下来，不参加抓阄；分田到户后，父亲带领家人努力耕作，勤劳致富，人有多大胆，地有多大产，打得粮食越来越多，日子越过越红火。

记忆中 20 世纪 80 年代的某一年，我家交公粮后卖稻谷获利 800 元，父亲给三姐、四姐各买了一块机械手表（那时大姐、二姐已出嫁），三姐、四姐心里乐开了花，这在别人家几乎是不可能的。我的母亲怕热，电风扇刚刚上市父亲就买回来，那是我们村里的第一台电风扇。

听父亲说，高安距离家 80 公里，那个年代都是羊肠小道，叔叔在读高安师范时，每次开学都是父亲挑着被褥和大米送他去的。天刚蒙蒙亮就出发，山一程水一程，紧赶慢赶，晚上才能到达。每个学期中间父亲还得多次给叔叔送米和衣服，学期结束再接回。

叔叔是个文化人，做了一辈子老师，但婶婶是农民，不知什么原因，他们没有生育。分田到户之后，婶婶家的田地就是父亲帮着种，婶婶家水缸里的水都是我的姐姐们接力挑的。父亲不仅自己任劳任怨，还教育我们帮助和孝敬没有儿女的叔叔婶婶，不让他们有膝下无儿无女的悲凉。

父亲不仅是农业上的一把好手，而且在家里也是重活苦活抢着干，母亲不仅不用下田地干农活，不是农忙时很多家务活父亲也会帮她一起完成。

母亲一辈子被父亲尊重、呵护着，这在农村极少见，尤其是生养了六个女儿而没生男孩的农村家庭里更是罕见。

父亲在家里做任何决定时，都会跟母亲商量，大到盖房子、购买大的物件，小到今天到菜园子里摘什么蔬菜，到集市买什么荤菜。父亲不像农村的很多大老爷们，骨子里就是一个大男子主义者。

父亲一辈子没进过学堂，是个文盲，但与我的文盲母亲一样，崇尚文化，把我们姐妹六个一个个送进学堂，接受教育，跳出农门，努力做个文化人。尽管前面几个姐姐因时代的原因没能念大学，但她们具有初高中文化，足以跟上时代步伐。我二姐 1959 年出生，三姐 1962 年出生，她们玩微信、拍抖音滴溜溜转，二姐还在网上开了微店。1956 年出生的大姐初中毕业，也没有因为不识字带来困扰。可是我经常会听到身边的同事或朋友说，她们的父母也是 50 年代，甚至有的是 60 年代出生的，却没上过学不识字，尽管是农村，但这可是上海啊！

父亲对这个世界充满了好奇。夏夜乘凉时，望着浩瀚夜空，他说为什么这么多星星永远在夜空闪烁？太阳为什么总是从东边升起西边落下？太阳出来时像个火球眼睛不能直视，落山时却像一个大大的鸡蛋黄一样可以直视？飞机就是一架钢铁机器，如此笨重怎么能在天上自由飞翔？那时我已经读到高中了，我用自己仅有的知识跟他解释，父亲听得一愣一愣的，既感慨又迷茫。父亲因为没文化不懂科学知识，但他的认知世界就是一个可爱的孩童啊！

父亲对这个世界也充满了向往。他不像很多乡村老农那样，一辈子固守着脚下的这片土地，不想也不敢去外面。只要有机会条件允许他就想去外面看看，他跟旅行团去庐山、北京等地旅游。我2002年迁居上海后，他来过上海3次，分别是2004年、2005年、2010年，尤其是第三次来看上海世博会，那时他已经是88岁的高龄老人，还步履矫健，我都赶不上他。

记忆中我家80年代初就买了一台收音机，父亲每天都要按时收听天气预报，雷打不动，根据气象安排每天的农业生产。我四姐学习成绩好，当时在家里是最受宠的，经常占着收音机收听小说和评书节目，无意中也营造了一种文化氛围，让我们耳濡目染。

父亲身体很健朗，精神矍铄，80多岁了也不显老态，闲暇时除了种点菜外，每逢二五八镇上的赶集日，他都要去，一是买点东西，二是凑凑热闹。村里的老人经常让他捎东西，东家几块豆腐，西家几斤肉等，有时满满的一挑子。我们心疼他，叫他学会拒绝，父亲却说：“人家不都忙吗？再说了，能帮人家，说明我还有用呢！”

当年手机在农村还没普及时，父亲就买了他人生中的第一部手机，很多像他这个年龄又没文化的老人都不会用手机。父亲把我们姐妹六个的手机号码存入手机，尽管他不识字，但我们名字的样子他认得，十个阿拉伯数字也认识。父亲手机不离身，六个女儿仿佛就藏在他的手机里，随叫随到。

母亲是2005年去世的，中风卧床两年间，都是父亲一手照顾，那时他也是80岁的老人了，有时我们去看他们，要给母亲喂饭、擦洗身体，他都不让。说他做习惯了，知道手脚的轻重。母亲一辈子爱干净整洁，父亲一丝不苟地照顾着母亲，最后母亲是干干净净走的。

父亲为人一世，清明厚道，德高望重，2013年去世的时候，村里的人都来为他送行。按照乡俗，村民们都送来几沓草纸、几份爆竹、几十元钱，在父亲的灵前磕几个头，表示深深缅怀，在乡间，算是最厚重的礼仪了。

父亲是个普通寻常的乡村老者，普通得就像秋季落叶、冬季下雪，寻常得就像一株草木、一块山石，但他生前所做的点点滴滴，却闪烁着光芒，这束光芒照亮了这块生他养他的乡村土地，也照亮了他的后辈子孙，引领着他们不断前行。

林琳

弦歌一堂

——一段不能忘却的历史

"诸君乎！今日为后方之预备员，他日即为冲锋陷阵之前线将士，以体力战，以智力战，以财力战，无一而非为国家谋独立，为民族争生存。……怀真实之学问，抱必胜之决心，勇往直前，毋屈毋挠，以尽应尽之责任，个人之荣，亦我校之荣也。"1941 年 12 月太平洋战争爆发，日军进入租界后江苏省立松江高级应用化学科职业学校（简称省职中，松江二中前身）迁入南阳路，借用滨海中学教室以私立会文中学的名义继续办学，1942 年 7 月被迫解散。这是校长薛天游为 1941 年高普班《纪念册》所作的序，至今读之仍令人振聋发聩！

1937 年淞沪会战后，日机的轮番轰炸使繁华的松江城一片废墟，省职中亦遭毁坏殆尽，被迫停学。旨在培养"科教救国、实业救国"人才的省职中，1934 年由江苏省立松江中学改编而成，荟萃省校名师，学风严谨活泼。1939 年春季，学校在校长薛天游等人的努力下迁往上海公共租界，先在南京路慈淑大楼六楼开学复课，后在静安寺路新式里弄润康村（现南京西路 591 弄）内租用三幢民房作为校舍，开设初中三个班、普通高中六个班、应用化学科三个班。学校除教室和办公室宽敞，有钢窗地板外，一切因陋就简，无图书馆、操场、实验室及大礼堂等，学校只能借用某科研单位的实验室，安排学生到造纸厂实习，无法开设体育、音乐课，吃饭时将课桌拼凑起来充当餐桌，宿舍或亭子间或民房，一间大房间内要放置十几张双层木床。

"日寇侵华迁沪浜，书声飞逸润康邨。稚桃幼李春风沐，育就几多拔萃人。"面临亡国之危及生活维艰，学识渊博的省职中老师们依旧执着于教书育人。艰辛岁月中学生在老师的指引下茁壮成长，少年豪气，一清早便在弄堂内的大道上勤奋苦读，彼此相勉，切磋琢磨。老师们虽生活清苦，一身数兼，奔波于多所学校，却甘愿不辞辛苦地传道授业解惑，督导晚自修。高考时学生们一人兼报数所大学，频频爆出连中三元、四大武功、五项捷报，足慰师恩。他们以后都学有所长，在各自的领域报效祖国，甚至争光海外，其中有戏剧家吴光耀、教授张友恭与荣获朝鲜三级国旗勋章的总工程师赵懋哉等。

省职中注重教学与实践相结合及学生能力的培养，学术和教学水准之高令人刮目相看。高中数学、物理、化学均采用全英文教学。校长薛天游曾任沪江大学教授，是国内著名的教育家，他编写的《薛氏代数》——初高中数学教科书畅销全国，教高等代数可谓熟烂于心，善举一反三。教导主任黄丹膴是沪校日常事务的实际负责人，教物理讲解清晰，结合实际。留英学者陆静逊教高等化学极富启发性。华祗文教几何、顾仲超教生物等都各有所长。英文老师朱亚松是松江人，以严格认真著称，要求背诵课文、文法要通，奖勤罚懒，使学生英文水平节节提高。

省职中沪校除理工科外还兼顾文科，在必修课外还开设了《国学概论》《唐宋诗词》两门选修课。历史老师丁浩霖对中外历史如数家珍，常借古喻今揭露时弊，唤起学生的爱国热情。语文老师出作文题时常暗含爱国教育，如《卧薪尝胆论》《楚虽三户亡秦说》《故乡山河依旧》等，特别是身着半旧蓝布大褂的国文老师金勤昌昂首挺立，吟诵陆游名句"王师北定中原日，家祭无忘告乃翁"时的苍凉悲愤足令学生们动容，终生难忘。朱雯在讲解《道德经》及战国各家各派外亦讲解现代文学，课堂气氛热烈而活跃。此外，省职中沪校还定期举办各种学术讲座，除本校教师主讲外也邀请校外专家，如吕思勉、赵景深、范烟桥等，讲《元代的散曲和杂剧》《法国的浪漫主义》《孟德尔遗传学说》与《现代电影艺术》等，不仅拓展了学生的知识面，而且引发了学生无穷的兴趣，寻得做学问的门径。

在中国半壁河山沦陷于日军的铁蹄下时，在孤岛——上海租界里苟安一隅的师生们虽国难家仇，生活贫苦，但仍抱着抗战必胜的信心，励精图治，发愤图强，努力地教与学。"孤岛当年师友聚，艰危风雨同舟。润康村里岁月稠，潜心研课业，晋德日优游。"然租界终非净土，校长薛天游因德高望重一度成为汪伪政府拉拢的对象，他大义凛然地屡次加以严词拒绝，却差点在学校遭受绑架，幸亏师生们机警地掩护，才得以虎口脱险。

1941 年 4 月 24 日，领导四行仓库保卫战的谢晋元被汪伪政府收买的叛徒刺杀身亡。他的遇害令市民们义愤填膺，自发前去慰问并参加追悼会，其中包括省职中沪校的师生代表。他们以学校的名义敬赠挽联"八百健儿，洒血苏州河畔，义胆忠肝昭日月；一代精英，殉节孤军营垒，悲风凄雨黯山川！"返校后即向校内学生宣讲，激发起同学们满腔的爱国热情，纷纷撰写文章拥护抗战，表达读书不忘救国的民族气节。这些文章汇聚成一期名曰《民族正气专号》的壁报，由金勤昌老师题写报头。

抗战期间，在看不到黎明前曙光的重重黑暗中，军人们在前线浴血奋战，打击侵略者，捍卫国土。为保存国家、民族的星星之火，许多大学马不停蹄、一路颠沛流离地西迁，在敌后方包括省职中在内的部分学校想方设法迁往租界复校。风华正茂的学子在老师的为人师表和身教言传下，中华民族的薪火得以相传。正如《毕业歌》中所唱："我们今天是桃李芬芳，明天是社会的栋梁。我们今天是弦歌在一堂，明天要掀起民族自救的巨浪。……同学们！快拿出力量，担负起天下的兴亡！"

王一峰

松江十二时辰

　　一生很长，有走不完的千山万水，看不尽的春花秋月；一生又很短，潮起潮落、斗转星移不过是拂晓到黄昏的距离。对于人杰地灵的松江古城来说，她的十二时辰都散发着独特的城市魅力。那么请跟我来，一起步入这时光的画卷。

　　凌晨 4 点，天边还挂着昨夜的月，浅白熹微的晨光刚刚在东方泛起，张泽的木桶羊肉馆已经准备迎接第一批客人了。羊肉馆地方很小，老板夫妻通常都在店里，店内装修十几年如一日，七八张木桌子，围着条凳。老客们一般都只身前来，有固定的时间和座位，一坐下便像老朋友一样招呼聊天，来一碗羊汤面，切一碟烂糊羊肉，大多数上了年纪的还要就一口烧酒。这酒或是他们自己带来的，或是买了一瓶寄存在店里的，咪口老酒，吃口羊肉，唆一筷子面，人生的乐趣大约就全在其中了。老客们一直在店内坐到七八点，待到人声鼎沸，堪堪把古今中外、乡邻野趣都聊个遍，才恋恋不舍地陆续离开，这一整天都会因羊肉烧酒变得精神十足。

　　窗边的第一缕晨光唤醒了早睡的人们。7 点公园开门，大爷大妈们也迎来了晨练时光。他们穿着练功服，手里拿着扇面或剑，随身的小喇叭一响就开练了。一个个方阵颇有章法，尤其是夏天在醉白池公园锻炼的老人们，满池的荷花摇曳生姿都是他们的背景，衬着银色的头发、健硕的身姿和人老心不老的表情。8点左右，人群开始分流，有些继续留守在队伍中操练，有些则因为接送孩子、去菜场等陆续离开，队伍方阵也缩小了些。无论坚守还是离开，要把退休后的时光过得更有意义是他们共同的心愿。

七八点，马路上开始热闹起来，各种交通工具穿梭其间，路边的早餐店都开张了，匆匆赶路的行人为了上学、工作不迟到，买个包子和一杯豆浆就算早饭了。菜场里也热闹非凡，想要买到鲜鱼鲜肉必须赶早。与匆匆忙忙形成对比的是松江著名的老字号草庐，无论星期几，草庐门口总是排着长长的队伍，买生煎的人并不因为等待而焦急，有什么比吃到一口好生煎更重要呢？一切都像快进镜头一样有条不紊地掠过，每个人都是镜头里的一闪而过。

对于上班族来说，整个上午都在快节奏中度过。因此，中午的小憩时光非常珍贵。午餐后人们大多选择休息，眯着眼打个盹，工作生活按下暂停键。当然，附近的咖啡馆、茶楼、公园、健身房、商场都是不错的选择。也有人会到街角的小饭馆撮一顿，犒劳一下自己只吃了简单早餐的肠胃。

午后的松江开始放慢了节奏，一切显得静谧安宁。在梧桐树的掩映下，沿着中山西路走走，每一处经风沐雨的老宅都能让人驻足流连。走累了，就找间茶室歇歇。大仓桥畔的醍醐坐茶楼，古色古香，韵味十足。静坐其间，半卷闲书一壶茶，足以回味从前的慢时光，推窗便是风景，谈笑尽是人生。也可以和着宋词自由的清风去方塔园，到东南隅的何陋轩坐坐。何陋轩看似不起眼，毛竹梁架，大屋顶，茅草屋，方砖地坪，然"犹之惠风，荏苒在衣。阅音修篁，美日载归"。看着眼前的水塘、竹林和弧墙上的光影，一时间神与物游。倘若时间充裕，还可以去山林中放空身心。松江九峰十二山，虽海拔皆不足百米，却是上海的文化高地，留下了陆机、陆云、杨维桢、陶宗仪、陈继儒、董其昌等一众大师的足迹。徜徉于清幽的山林中，无不散发着浓浓的书香。最有代表意义的是小昆山上的二陆草堂和读书台，在这里寻古思幽，吟上一段《文赋》，能让你的心顷刻安静下来。

傍晚时分，彩霞映红了天空，位于中山小学内的唐经幢在流云衬托下熠熠生辉。作为上海地区现存最古老的地面建筑，唐经幢形若华表，整体雕刻层次清楚，比例匀称，线条洗练圆熟，人物动感和面部表情自然生动。基石上刻有海水波纹，观其正面清波涟涟，侧面似波浪溢出石外，当真是造型优美，气势恢宏。彩霞满天之时，那石刻的莲花和云朵仿佛同天上的流云融为一体。此时，石湖荡的浦江之首则是另一番景象。近暮江面已渐渐归于宁静，天空中的晚霞倒映在漫漫江水中，跃动着粼粼波光，远处的水和天仿佛连成了一片，分不清是水晕染了天，还是天映红了水。此时往来船只、灯塔绿洲、水草青荇，连同那吹着江风看风景的行人，都在夕阳下披上了一层金红色的外衣。

暮色降临，路灯亮起，松江城流光溢彩。广富林文化遗址公园是夜游的好去处。整体色调明黄的灯光把公园烘托得充满复古色彩，一个个仿佛金字塔般的屋顶漂浮在富林湖中，与周围暮色融合，勾勒出美丽的画卷。树丛中星星点点的灯光仿佛萤火虫，让人充满遐想。此时，江学路的后街开始热闹起来，人们吹着夏日的风，喝着冰镇啤酒，桌上是一盆盆或麻辣或蒜蓉或白灼的小龙虾和各种撸串，足以满足你的味蕾。隔壁的歌厅音乐伴奏已经响起，有人在深情地唱着："来日纵是千千晚星，亮过今晚月亮，都比不起这宵美丽……"

夜渐渐深了，松江城安静了下来。窗户里亮着的灯光渐次暗去，城市如同这城里的人一般沉沉睡去。鸟儿回到了窝，树叶开始酝酿露珠，羊肉店的老板夫妻要爬起来准备第二天的吃食了，一切都是蓄势待发的样子。我们热爱这座城，正如这座城热爱着我们。我们行走在城中，看着城中的一切，看到的已经不仅仅是万物本来的样子，而是自己心里的情怀。

年磊

母亲的花样菜

"好吃，好吃！"饭桌上，我边吃边称赞母亲做的凉拌红薯叶。

每年秋季，红薯梗及红薯叶最是母亲的法宝。将红薯梗即叶下的茎剥皮切段，与青椒一起素炒，清香爽口。红薯叶则可用来素炒或煮汤，但最好的吃法是蒸红薯馍。将洗净的红薯叶搓盐和面，在铁锅里蒸，一定是要贴锅蒸得焦黄才好吃。百度百科上说红薯叶被誉为"蔬菜皇后""长寿蔬菜"及"抗癌蔬菜"，是真正的绿色蔬菜，还有提高免疫力、保护视力、延缓衰老、解毒等作用。想来母亲并不知这些作用，将它们作为食物是母亲在艰苦岁月里一颗热爱生活的心。

还记得，秋季将至，芝麻已灌浆，摘下叶子不会影响芝麻的收成。母亲将摘下的芝麻叶洗净焯水，再一片片摊在阳光下晾干，这些干叶便成了包子馅。晚上一家人坐在院子里，月亮洒下清晖，各类虫子在角落里大合唱，树叶洒下星星点点的斑驳阴影，空气中弥漫着包子的香气。"吃包子喽！"母亲端来包子，别有风味的芝麻叶包子至今让人馋涎。

每到 5 月，槐花飘香时，家乡的槐树一树树花开，一片银白。扑鼻而来的槐花清香，让我贪婪地呼吸着春天的味道。每当这个时候，母亲就让我们去采槐花，我们就知道母亲要蒸槐花菜了。我们格外兴奋，赶忙找根长竹竿，再找个钩子，把钩子绑在竹竿一头，挎个竹篮去采槐花。

新鲜槐花采回家，母亲笑呵呵地说："给你们做槐花饼吃。"母亲把槐花清洗几遍，捞出来控控水放到盆里，打几个鸡蛋，把槐花和鸡蛋搅拌均匀后倒入适量的面粉，放几次面粉，就搅拌几次，当面粉裹在槐花上后再放盐和香油。然后母亲让我烧锅，锅热了母亲倒进适量的菜籽油，把槐花面糊一勺一勺放入锅中，煎至两面金黄即可，中间母亲会不停地翻面，直到香喷喷的槐花饼出锅。围在锅旁的我们，像小燕子一样伸着小脑袋，等着母亲做好的美味佳肴。

母亲还会自创菜样。邻居家有个小豆腐坊，母亲便取了豆腐渣，加了生姜、葱花爆炒，香糯适口，既可做菜也可当饭吃。赶着吃饭的当儿，各家端了饭碗聚在一处，或蹲或坐在砖块、木头上，大家说着家长里短，当然不会忘记交流一下各家的菜样。在那个物资缺乏的年代，家家户户不富裕，树上的槐花、榆钱叶，水里野生的鱼虾等都是农村人的食材。这已经是许多年前的事了，如今村子里早就没了豆腐坊，我已多年未见过豆腐渣。一些事物慢慢地退出了人们的视线，曾经的岁月也只能在回忆中品味了。

虽然现在已不缺吃的了，但我一直心心念念母亲的花样菜。其实一直影响我的不仅是母亲的花样菜，还有母亲那面对困难时的无所畏惧、积极乐观、热爱生活的态度。

佳琳

世事如珠链

20 年前，青春还似春花朝露。

也是在这样一个初秋，偶遇一个从藏地深处来的活佛。

还记得他站在北京金色秋阳下等我的样子：一袭红色袈裟，在将尽未尽的暮色里格外醒目，目光深邃而从容。

那是我第一次接触佛教中人，他带给我的震撼，仿佛从梦里或敦煌壁画里飞出来一样，充满了神秘的异域色彩。

因为是初见，他送了我一串黄澄澄的有 15 颗珠子的手串。那时，我不懂得它的材质，更不懂它的价值，出于对宗教的尊重，觉得应该好好珍藏，于是就放进了保险柜里，之后再也没有想起过。

5 年前搬来上海，保险柜留在北京的家里，因保险柜钥匙丢了，从此再没有打开过。

到上海后的这些年里，不知道为什么，我会经常在不经意间想起那串美丽的珠串，想起那个经年不见的活佛。

于是，所有的想念、惦记，总会在心里升起一丝难解的哀伤和眷恋，亦如想起曾经最在意的某个故人。

直到十几天前，在上海搬家收拾东西，突然在一堆杂物里看见了这串珠子，才发现我其实从未把它锁进过保险柜，而是一直在我身边，多年来就在那个不被关注的角落，等待着被我发现。

再次拿起它时才知道，材质是那种很老的蜜蜡，而且在我家里也已经待了 20 年，经过岁月的沉淀，它黄得更加灿烂、通透，极具美感。

戴上它的瞬间，我爱不释手，就像久别的恋人重逢后，满心的狂喜，无以言表。

我每天都要把玩几次，于我而言，它虽不是什么贵重物品，却是对一份老去情怀的纪念。

可惜的是，我只戴了 3 天，它就永远地消失不见了。

一天吃饭的时候，我发现串珠的绳子露出了一个线头，有点不美观，于是就用打火机想把线头烧掉，结果烧过了头，线断了，珠子散落一地。

按我的个性，会立即把它串起来，结果助理说帮我找个好点的地方串上，又特意到我家里找了一个用过的面霜盒子，把它装在里面，走的时候却忘了拿。第二天我收拾房间的时候，直接就把那个面霜盒子扔进了装快递的纸箱子里，先生出门的时候，顺便丢到了垃圾站。

半小时后，我准备去开会，突然想起那个盒子里的珠子。我跑到垃圾站，纸箱子还在，盒子却踪迹全无。翻遍整个垃圾站，也没有找到那个盒子。

开会时间就要到了，我浑身脏臭开车上路的瞬间，大雨倾盆而至。我在车里失声痛哭，不知道自己为什么会如此痛心。

也许是为了 20 年后，失而复得又匆匆诀别的不舍。

一路上，车里播放着忧伤的音乐，车外大雨如注，我的心碎了一地。

因为那串珠子，我想起了很多事、很多故人，还有那些我深爱过但今生已错过和诀别的人。

那串珠子，忽然间触动了我对尘封 20 年往事的记忆。那些我以为自己早已经忘记，甚至淡化了的人和事，其实这么多年来从未走远。

那些触动我心怀的新愁旧痛，连感觉都还是那么脉络清晰。

往事，亦如爱，又怎能轻易忘记呢？尤其是那些"青葱"岁月，跌跌撞撞的过往，无一不在记忆里重现。如果有来生，我在今生的最后，走过奈何桥的时候，不喝那碗孟婆汤，我愿意记住那些我最珍爱的人和事，愿意记住那些点点滴滴的美好和眷恋。

人生瞬息万变，当我还没来得及为失而复得欣喜若狂，当我还没来得及好好回味往事时，就再度面对惨痛的诀别。

再回首，我们该以怎样的心态来面对过去、现在和未来呢？很多的箴言，都是写给别人看的，在真实的生活中，我们是多么怕失去，更怕丢失了自己。

如果一切都只是如果，我宁愿从未得到过，也不愿面对别离。

如果你曾在我的生命里出现过，并成为一段无法抹去的记忆，那么请你尽量不要离开，哪怕远远地站着看我也好；如果不得不离开，能否带着温情，好好地和我说声再见，亦如当年我们的初遇。

如果相遇就是为了别离，那么我宁愿和所有的相遇背道而驰，好让我的心，在红尘里少一些负累。

永别了，美丽的珠串；再见吧，所有的故人和往事。

面对眼下的生活，我唯一能做的，就是低下头，默默地前行。不问未来，不计归途。

若能有人相伴，我愿意欢快地与他一路同行；如果没有，孤独又何妨？所有的尘缘往事，最终不都是要尘归尘、土归土吗？

但愿风雨可以慢慢等候，一切美好都能如约而至。

而我，再也不愿意与往事在红尘中相逢，只因我不想再面对别离。

顾雪莲

游山亦是读山

山雀的欢唱自树林的暖巢扩散，天空是水蓝色的丝绸，云像几瓣飘落的栀子花，草堂上空弥漫着稻草的清香，我说的是云间九峰之一的小昆山。探索过佘山之巅的苍穹，礼遇过护珠塔俯首对大地的谦卑，不妨来小昆山游山品书，享受一场千年的文化熏陶。山虽不高，但山径茂林深篁，停僮葱翠，是读书访古的好去处。

游山，必先识山、知山。

山是地理标志，山也有自己的出身和身份。小昆山列九峰之末，它的海拔很亲民，最高峰 54.3 米，足够你用一次深呼吸轻松完成一次登高。九峰之称始见于宋末元初诗人凌岩的《九峰诗》："九峰西峙比昆仑，晋代将军墓尚存。"明《松江府志》载："府境诸山皆自杭天目而来，累累然隐起平畴间。"可见九峰属于天目山余脉，小昆山也传承了天目山蜿蜒秀丽的山貌。小昆山以二陆草堂为中心，有二祠、二阁、二亭、三泉、三堂、七殿等胜景。

在天目山连绵不绝的山脉中，小昆山只能算是半个山坡，但如同不能用歧视的眼光来看待一个矮子一样，我们也不能忽视再小的山也是一座山的事实，它是一群山的缩影，是大地变幻的一种地理现象。

探究了小昆山的身世，再来探寻一下它的命名。

小昆山原名昆山，南朝梁大同元年（535）在小昆山地区置县，因境内有昆山故名昆山县治。唐天宝十年（751）吴郡太守赵居贞割昆山南境、嘉兴东境、海盐北境置华亭县，昆山县治迁至今江苏昆山市。当时人们为了避讳两地重名，在华亭昆山前冠"小"字以示区别，小昆山因此得名。

一座山是许多人的故乡坐标，它像天空某个时刻停留的钟摆，停在那里，用静止的弧线，掩饰季节的变迁和朝代的更替。小昆山虽小，却历史悠久，汤村庙遗址和姚家圈遗址证明人类在此生活已有5000多年。

游山亦是读山，读山的灵魂。山的灵魂和心跳，是蛰伏在山林中的人。

小昆山钟灵毓秀，也称玉山。宋代唐询《华亭十咏》中《昆山》诗曰："昔有人如玉，兹山得美名。"王安石和诗云："玉人生此山，山亦传此名。""玉人"即指西晋著名文学家、书法家陆机和陆云这一双碧玉，史称二陆。

"山不在高，有仙则灵。"来小昆山的文人雅士，莫不是追着二陆的盛名而来。二陆文采斐然，文章盖世，是三国名将陆逊之孙、陆抗之子。

陆逊是东吴第一任大都督，位列丞相。关羽大意失荆州的典故中，陆逊就是智取荆州的功臣。他还策划了火烧连营，与周瑜的火烧赤壁相媲美。汉建安二十四年（219），陆逊被孙权封为华亭侯。华亭始见于史志，松江的前称华亭由此跃然于世。

陆抗秉承父业，官拜大司马。陆机、陆云文武双全，聪慧过人。吴亡后，司马炎一统全国。二陆虽幸免于难，却已是家破人亡，父病逝，兄长战死。当时二人不过18岁的青春少年，于是携幼弟隐退山林，回归华亭故里。

二陆转身关闭了旧世界，打开小昆山，走上了一条向上生长的路。用鸟鸣净化喧嚣，用茂盛的绿粉刷战败的荒凉，用山之重承载生命之重。二陆在读书台朝经暮史，苦心孤诣，心藏日月，胸怀天下。十年苦读，山依然是山，人却磨出了玉的光泽。在山林里，把自己厚成了一座山峰，留下了众多传世名篇。

读山，更重要的是读人。小昆山是沉淀历史的图书馆。

陆机、陆云因文章辞藻华丽，被誉为"太康之英"。陆机诗词文赋皆有所长，著名的《辨亡论》对吴国自孙权建国至孙皓亡国的原因，做了深刻的阐述，《吊魏武帝文》《文赋》《演连珠》等代表作也备受当时文坛推崇。

陆机的《文赋》是我国文学史上第一篇系统完整的文学理论著作，他根据个人的写作经验，提出"意不称物，文不逮意"的困惑。对于创作方法，他将个人经验与理论相结合，开启了文学理论的先河。陆机的草隶书法作品《平复帖》，是我国书法界现存最早的名人书法真迹，珍藏于北京故宫博物院，是国之瑰宝。

陆云入洛阳拜见太常张华时自称"云间陆士龙"，从此松江有了云间这个别称。他所作诗颇重藻饰，以短篇见长。刘勰《文心雕龙》说："士龙思劣，而雅好清省。"代表作《岁暮赋》既有岁月的感叹，又有对乱世的感怀，是真情实感的流露。陆云曾任清河内史，为官清廉公正，深受百姓爱戴，以"陆清河"的美称享誉民间。

二陆因八王之乱，英年早逝，然风骨犹存。西山坡上刻有陆机的《怀土赋·序》："余去家渐久，怀土弥笃。方思之殷，何物不感。"思乡之情字字可见。以诗文前来拜山的人络绎不绝，据说苏轼也曾踏访此山，并在半山腰留下"夕阳在山"的字迹。

小昆山浓翠蔽日，葱郁馥丽，人杰地灵，是座饱读诗书的山，是满腹经纶的山。来小昆山让心沉静下来，战乱的疮痍可以关闭，城市的繁杂也可以忽略。在草堂听风送来历史的回响，在华亭雅憩闻鹤唳声声，在读书台读二陆的壮志凌云，接受千年文化的熏陶，为身心做一次洁净的洗礼。

和二陆一样，靠山枕木，静心之处方为净土；胸中有墨，方能厚积薄发。

牧太甫

乐在山水，了于坎艮

子曰："智者乐水，仁者乐山。"有智慧的人要和水一起获得快乐，有仁义的人要和山一起得到欢乐。那我们搬到水边、住在山里，就能获得智慧和仁义了？这，不通。

这些年我历尽山水，阅读众经，经验世事，特别是习读《易经》和《论语》，在略有管中窥豹之感时，来一场山水之旅，或能了了坎智艮仁。于是，我和孩子们在暑假行程万里，从江南到岭南，再从粤东返回海上，心怀山水，了了世道。

首先，"智"和"知"互为假借。在《论语·雍也》中有："知之者不如好之者，好之者不如乐之者。"以经解经的话，这个"乐"和"乐之者"的"乐"意思应该一致，也就是"知之者"和"好之者"的最高阶"乐之者"。

行程的第一站台州神仙居，景区大门口有一块"天姥山"石碑，署名"苏轼"，这不禁让人联想到"诗仙"李白的名篇《梦游天姥吟留别》。不管太白先生提到的天姥山究竟是不是这里，但是诗篇中的景色描写，在这山中得到很多的呼应。"世间行乐亦如此，古来万事东流水。"这是"知之者"的境界了，难怪他要"且放白鹿青崖间，须行即骑访名山"了。

其次，"知"和"仁"的关系。在《论语·里仁》中有充分论述——"里仁为美，择不处仁，焉得知"，"仁者安仁，知者利仁"，"唯仁者能好人，能恶人"。《道德经》中又说："天下皆知美之为美，斯恶已；皆知善之为善，斯不善已。"完了，这又是"能好人，能恶人"，又是"美之为美，斯恶已""善之为善，斯不善已"，都是相互矛盾的啊，何解？

孔子在《易传·系辞上》告诉我们："一阴一阳之谓道，继之者善也，成之者性也。"如此我们知道，好和恶、美和丑、善和恶都是一阴一阳、一体两面而已，都是道。也即是说，当说天的时候，自然涵盖了地；当说美的时候，也就包括了丑；说善，也就是说恶……

我们离开台州天姥山，六个小时就到了莆田南少林寺。游览了庙宇，出门时看见"喝茶去"的匾。相传当年，赵州和尚在观音院弘法传道，行僧云集。有一天，一僧远道来赵州参学，禅师问道："你来观音院参禅过吗？"

答曰："来过。"

禅师说："喝茶去吧。"

又问另一位刚来的和尚："你有没有来这里参禅过？"

刚来的和尚答道："没有。"

禅师也说："那你喝茶去吧。"

这就是"好之者"的境界了，凡事不必苦思冥想，不必做作。苦思未必有所得，开悟却在一瞬间。煞费苦心难逢机缘，持平常心或可得之。

再次，"水"和"山"究竟是什么？在《易经》六十四卦象里，水是坎卦的象，山是艮卦的象。坎就是坎坷，欠土陷了，常保素养，熟习教化。无不可以终动，艮者止之，止中有动，动静合时，高山仰止。

水能海纳百川，亦能同流合污；山能孕育万物，亦能滋生细菌。《道德经》开宗明义说："道可道非常道。"就是告诉我们，宇宙有两个道，一个叫常道，一个叫非常道。常道是不可说的，它是真相，是永远看不见的，是本体，是实质，它藏于事物之中。它的反面就是非常道，哲学上叫现象，是瞬息万变的。

这天，我们车行武夷山下，远眺大王峰，泛舟九曲溪，畅饮大红袍，倾听山下事……不禁怅然——那位在此获救的异乡考生，究竟有没有高中？天子有没有赏赐大红袍？考生又真的可以把大红袍转赐武夷山岩茶？心中疑问万千种……

"爸爸，来喝茶啦！"儿子们在三姑峰下呼喊，将我从恍惚中拉了回来，似是太白"安能摧眉折腰事权贵，使我不得开心颜"的劝诫，更是赵州和尚"喝茶去"的启示，还有老子"道可道非常道"的点拨……

孔子说："取法乎上，得呼中。"

今日，行程万里，了于山水——子立山水曰："智者乐（yào）水（坎卦），仁者乐（yào）山（艮卦）！"是也！

柳燕梁

故乡的记忆

在物质生活日益丰富的当代，很多人却很难找到那种真正的精神上的纯粹的幸福感。身处城市之中，人们内心浮躁、苦闷、挣扎，拥有的物质越多，欲望越大，很多人被金钱异化。我们孤独地投身于浊世，想像周敦颐的《爱莲说》那样"出淤泥而不染，濯清涟而不妖，中通外直，不蔓不枝，香远益清……"于是，对自己说，你们追逐你们的吧，我自有我独特的幸福，与世无争，只需顺着自己心的方向感受自己所喜欢的美好，诗情画意地享受自己所喜欢的幸福就好。

什么是真正的幸福呢？静下心来沉思，也许很多人会发现它来源于故乡，来源于母亲，来源于儿时的记忆。我儿时的故乡是 20 世纪 90 年代湖北省通城县的一个小山村，那时民风淳朴，很少有人外出打工，充满活力，其乐融融，宛如陶渊明笔下的世外桃源。在那里，我度过了许多美好的慢时光！

那时候，阳光洒满山林，门前的小溪淙淙地流着，清澈见底。小溪边有树林，树木多种多样，有棕树，有茶籽树，有果树，最多的是竹子。那时候的早晨，我看见红红的太阳从大山上升起，阳光穿过树丛，放射出万丈光芒；傍晚，我伫立于家门前，望着夕阳从西山落下，西天的晚霞有着奇幻的色彩。我家地势较高，站得高望得远，周围的田园风光尽收眼底。我家的屋子远远望去像一座城堡，隐没在竹林中。房前屋后风景秀丽，我们这些孩子到处蹦跳着玩，母亲常在家门前大声呼唤我们的名字。

记忆中的故乡一年四季都是那么美好。春天，家门前的李树开花了，枣树开花了，叔叔婶婶家门前的梨树也开花了，看着那一树树的花，那漫山遍野的映山红，在阳光下迎风起舞，真是美丽极了！夏天，我常坐在家门口的石墩上，望着蓝天里变幻的白云，任思绪飞扬。夜晚，大人们搬了凉床、凳子到家门前乘凉，或坐或躺在皎洁的月光下聊着乡村特有的趣事；孩子们追逐飞来飞去的萤火虫，拿着蒲扇为长辈扇风数数。秋天，我们上山摘茶籽，到大山里去，那些大树苍劲弯曲的树干，让人既感到敬畏又新奇，我们喜欢爬上树坐着或躺着或透过树叶看蓝天。冬天，寒风呼呼地刮着，大家围着火炉烤火，听父亲讲故事、讲对联、唱军歌。那时候每年冬天都会下雪，鹅毛大雪在空中飞舞，早上打开门一看，就会发现外面成了白茫茫的世界，家门前有着厚厚的积雪，踩上去就会留下一行行的脚印，有趣极了！

我们是一个大家族，有很多亲人，母亲对长辈很孝顺，家里每次有好吃的或来了客人，她总是叫我们把爷爷请来吃饭，还给奶奶端去一碗。她和各位婶婶以及村里的人相处得很好，力所能及地帮助别人。无论谁到我家，她总是先泡上热乎乎的茶，热情地和别人交谈。母亲对别人家的孩子也很爱护，每次孩子们来我家玩，只要家里有零食，她总会拿出来分给孩子们吃。

父亲是一名军人，后来在武钢工作，退休后在家，2008年因病逝世。我一直坚信母亲能活到90多岁，我认为这是理所当然的，是必定的！2014年母亲因心脏病住院，我非常难过，但我相信她很快就能好起来！母亲的心脏病有所恢复后，出院住进了家乡的养老院。我当时以为她的心脏病会像以往那样至少要再过几年才会复发！五一放假，我想回去看她，可当时认为3天假期太短，我想等放暑假时再回去多照顾她一段时间，多陪陪她。5月2日，母亲给我打电话说想见我，我说："3天时间太短，我想暑假再回去照顾您一个多月。"

"等不了那么久！"

我感觉到了母亲声音的迫切，立即说："我明天就回去！"

可是，没想到就在那天下午，母亲心脏病复发晕过去了。当我千里迢迢从上海赶回家时，母亲已经躺在那里，我怎么也不敢相信她已经去世了。我总觉得我叫一声"妈妈"，她就会回应我，坐起来和我说话，可这次她没有，我连叫了几声，她也没有回应，任我悲天呼地也没能叫醒她，她是真的离我而去了，再也不会有回应了！想起母亲打电话说想见我而我没能及时回家，想起她打电话时说她的手在发抖，想起最后一次相见时她异样不舍的目光，我心中悲痛万分，有留恋，有后悔，有遗憾……妈妈，我回来了，我还记得您关心我的点点滴滴，还记得您在我身处困境时对我殷切的期待，还记得我生病时您背我走在崎岖的山路上气喘吁吁的情景，还记得您在家门前大声呼喊我的名字，还记得您给我们做的香喷喷的瓦罐饭……回想一幕幕往事，回想母亲的音容笑貌，回想她在临终前给我打的最后一个电话，我泪如泉涌……

时至今日，故乡那些儿时的记忆才是最真实永恒的幸福！我最伟大的母亲，谢谢您给了我生命，我会让它绽放光彩！我要像涓涓细流，温和而从容地对待生活；我要像广阔的蓝天，拥有豪迈的情怀；我要像无边的大海，有宽广的度量；我要像大自然的花草树木，朝气蓬勃；我要像大山一样，立于天地之间；我要像太阳一样，笑容灿烂每一天！

谢青

昔有四合院

　　我出生于 20 世纪 80 年代，儿时住的是四合院。如今回忆起来，那座四合院给了我质朴、亲切与温暖。四合院里住了四户人家，一共十七八口人，老老少少热热闹闹。那时我们院内只有一家有台 14 寸的银灰色黑白电视机，邻居也不含糊，夏天有星星的晚上，把电视搬到院子里让大家一起看《霍元甲》《上海滩》《铁道游击队》《地道战》等，每当那时那刻，几乎全小队的大爷大妈姑娘小伙，还有通风报信的小伙伴们都想挤进我们的四合院一睹电视剧或电影。后来，谢家阿婆的儿子二话不说，直接又把电视机搬到院外调整好天线，其他四合院的邻居们自发扛着长凳排排坐好，看到精彩处或笑声一串或掌声响起一片。

　　在四合院开启童年记忆是我的幸事。脑瘫后遗症导致我双膝屈曲、不能行走、言语不清、吃饭掉饭粒、说话流口水……但因为生活在这古色古香如明清风格的四合院里，我不孤单。他们做游戏时让我当评委，钓龙虾时拿着椅子拉上我，甚至夏天傍晚河边洗澡时，由大人们看护着，我们也一起下水嬉戏。印象最深的是：四合院里无论哪家今天烧肉了，四五个孩子都能吃上一块红烧肉。1985 年，上海工人的月工资不到百元，更别说农民的收入有多少了，要是到年尾不欠村委会钱已经不容易了。

所以当时 1 元左右 1 斤的猪肉平时我们是不大吃的，只有国庆节和春节才有大猪肉吃。

后来，伙伴们不跟我玩了，他们去上幼儿园了，平时只剩下我和奶奶，有时候去串门也只有阿公阿婆们。每天傍晚听小伙伴们告诉我，他们在幼儿园认识了许多小朋友，学了一些新游戏，老师长得很漂亮，说话唱歌可好听了，还有不同花样的零食可以吃，表现好的小朋友更能得到小红花奖励时，我心生羡慕，白天就又莫名地加剧了孤独感。我哭着闹着要去幼儿园，可作为园长的姑妈不收我。她的理由是那么掷地有声且无比残酷："你不会独立行走，你不会自己吃饭，你不会自己大小便，你不会自己穿衣起床、脱衣睡觉。"看我一脸委屈就悄悄地塞给我一本《大闹天宫》的连环画，她一边翻着小册子一边给我讲起了故事，我听入迷了就跟着咿呀复述，她见我意犹未尽就又从头到尾讲一遍。

从此，姑妈便抽空给我讲故事，教我学拼音认汉字。1988 年四合院拆除，院内人家分到新源村（没有更名之前叫五村）的头陀港河两岸独立建新房子，我也不觉得孤单。读着书，听着收音机，我感受到了与众不同的多彩世界。越是如此，我内心便无比渴望去上学，尤其是邻家的伙伴上小学后，我算术比不过他们时，那颗心不甘又委屈。父母见我执着，也学会了自己大小便和吃饭，经过锻炼还能自己走上一小段路，这路程足够我从教室走到厕所了。于是，母亲辞去工作为我直接上小学创造条件。她相信知识改变命运，为了让我实现改变命运的可能，母亲 9 年间无论严寒还是酷暑，不畏风霜雨雪、电闪雷鸣送中饭到学校。四年级时，由于父亲工作变动，我上下学接送成了难题。这时曾经在一座四合院里住过的曹叔叔自告奋勇："孩子不能停学，这事儿就交给我吧！"于是，在曹叔叔的护送下，继续我的求学生涯。有时他见我早饭还没吃完会耐心等我，有时学校下午突然放假他会请假来接我，有时下大雨淹没了隧道他会背着我翻铁路，有时我生病了他会嘱咐老师照顾我……那段时光我永远感激在心，每每回忆起那些点点滴滴的相处瞬间，我心间便有暖流划过。

虽然那座生活过 7 年的四合院只能在记忆里了，但四合院留下的质朴与亲切在整个新源村延续升华。在村内雷锋般的好同志时时处处在，他们举手投足之间洋溢着友好的微笑。我家有困难，村委会总是尽力解决。生活在这块土地上，即便是肢体一级残疾，我也收获了满满的幸福。从我 8 岁入住新房至今 36 年了，36 年间我上了 9 年学，读了 34 年书，如今靠稿费养家糊口，也有了自己的后代。回忆往昔，母亲没有抛弃我，伙伴没有丢下我，左邻右舍常常关心我，村委会时常记挂我。家人大病了，村里绿色补助主动开启；房屋漏雨了，村干部帮助我联系维修师傅。疫情防控期间，志愿者也不忘给我和女儿送来口罩与牛奶。我牙疼得吃不了东西，牙医同学配药后到家为我清洁口腔……时光如电影镜头般在家里、在四合院、在新源村的角角落落来回切换，这都是幸福的由来啊！

2009 年，申嘉湖高速公路上海段建成——在我家门口横跨着，因此我们全家和村里许多人一样获得了农转非的机会，一辈子种田的老人们也享受到了退休待遇，重残无业的我总体保障收入更是年年紧跟上海基本工资。2021 年沪苏湖铁路上海段又从我们这里经过，面对往昔四合院一些伙伴的房屋动迁，头陀港河南岸的我们在羡慕的同时也为自己的居住环境深深担忧：前有申嘉湖高速公路，后有沪苏湖铁路，相距都一二百米的样子，动迁线挨不上，但噪声实在大，加上房龄也老了，许多房子开裂……我们把这些情况反映给村委会，他们一边听着我们的抱怨一边默默努力争取着。功夫不负有心人，集中上楼政策传来，我们被安排上了。

2021 年 12 月 27 日，我们全家签了同意上楼协议，四五年之后就能住进带电梯的新房了，说不定曾经一起在四合院里居住过的伙伴又能抽中同一幢楼呢。我们都满怀期待——实现安居乐业的梦想，说不定缘分真的那么妙不可言呢！

颜萍

汤先生的选择

半年前，得知汤先生要去长者照护之家的决定，心里难过了好一阵。半年之后，她离开照护之家依旧回到自己的寓所居住，身体状况良好。

1948 年出生的汤先生是我高一时候的语文老师，一位又严又怪又瘦小的老太太。有一独女，和我同岁。她是知识青年上山下乡的典型代表，"高中毕业去农村插队，因为有良好的文化功底被抽调到乡镇中学做代课老师，不甘心'代课'和留在农村的命运，凭借自己吃苦耐劳和不服输的精神，硬是白天工作不耽误，晚上坐车到华师大进修，拿到了华师大中文系的专科文凭，再后来读了本科……"正因为有着这样教科书式的励志经历，她不怕苦，能吃苦，吃得起苦，所以对我们也特别严。

那年，她刚刚被抽调到高中部授课，我是她的第一批高中学生。过时的衣着，却总是搭配着一条布裙子，露出的双腿细得没有一点肌肉，还喜欢喷一点花露水。可能是第一年教高中，课堂气氛有些拘谨，同学们也不太配合，教学成绩并不突出。而她的怪，表现在从来不和别的班比分数，也从来不去考虑自己的职称问题。按理，以她的资历、年龄，都应该是高级辈了，但她好像一直没有去理会这些，"我不喜欢"，这不是她的气话，是实话。

我和她真正的交集，缘于高一时的一次上海市中学生作文竞赛。我初出茅庐，小试牛刀，得了三等奖。这一届比赛，获奖的松江学生共三个，县教研员在大会上大加赞赏："某某中学的某某同学，是汤先生的得意门生，刷新了某某中学的历史纪录……"这些话也是后来汤先生讲给我听的。对于我的这个成绩，她是欣慰的，某种程度上弥补了班级优秀率、及格率这些技术指标对她的影响。她坦言，你作文的底子不是我打的，但比赛的机会是我给你的。言外之意是：她发现了我的写作才华。从此以后，她毫不忌讳在各种场合流露出对我这个得意门生的偏爱，还常常给我送些小点心、小零食当作鼓励。后来，我还参加了首届新概念作文大赛并获了奖，激发了我日后对写作的兴趣，这其中不得不说有汤先生的功劳。

　　可到了高二，她就不教我了，短短一年的师生缘，但在我心里确实记住了这位老师。

　　再后来，我高中毕业。听说没多久，汤先生就提早退休了。受限于当年的通信条件，我们没有任何联系方式。

　　10多年后，我也早已过了而立之年，偶尔也会想起高中时候的往事。工作之余，一直保留着写作这一爱好，得作协老师指导，将平日随笔结集出版。很奇怪，我第一个想与之分享这份喜悦的人竟然是汤先生。于是，托人回母校打听到了汤先生的住址，直奔府上。

　　春天时节，温暖的午后，微风吹得香樟叶沙沙作响，在松江老城区一个旧式小区里我找到了汤先生的住所。叩开门见到她本人的时候，有点吃惊：岁月留痕，打在身上伛偻了脊背，打在头上染白了青丝，她人更瘦了，颧骨突出，面颊凹陷。先生记性一点不差，叫出了我的名字，还说我样子一点没变，除了有点发福。她精神状态很好，声音洪亮，滔滔不绝，言语间依旧透着自信乐观，依稀可见当年在讲台上指点江山的影子。听着听着，我基本上了解了她现在的状态，爱人过世，独居，孩子不在身边，还未有第三代……

那次见面，许是先生很久没见到学生，我们聊了很久，先生说了很多过去的、我知道和不知道的、记得的和不记得的往事。就像一颗泡腾片投入水杯中，短时间里释放出浓浓的果香和气泡，是有疗愈作用的。我都忘了此行是来给她送书的，临走的时候，才拿出书给她，留了手机号码，嘱咐她有事联系我。第二天我就接到了她的电话，嗓门老高："颜萍啊，你能不能再给我一本你的书？签个名。因为我把你昨天拿来的书给我最好的朋友了，我告诉她，我的学生出书了，他们都要看。"先生的骄傲大约莫过于此，我欣然允之。

汤先生知道我工作忙，一般一两个月会给我来个电话，没头没脑，聊个三五分钟就挂了。因为我的工作所长，有过几次上门服务，解决她生活上的一些小问题。每次，她都会像奖励答对题的孩子一样，给我塞几块饼干、一个苹果或者生梨之类。又过了几年，她有了第三代，突然搬去闵行离孩子较近的一个小区一个人居住。虽然不是让她带孩子，但也许是时空的距离离孩子们近些，也算是陪伴了吧。城里人忙，即使住得近，也不经常见面，独居依然是她的常态。我劝汤先生搬回松江住，更习惯一点。

隔了两三个月，没有汤先生的音讯，我连忙给她去了个电话，结果汤先生春节前几天下楼买菜摔了一跤（肩膀骨折了），在家躺着，痛得不行，去某某医院看病，医院不收治，辗转到某院，要求住院手术。临近春节，她不想给孩子添麻烦，让医院简单处理了一下就回家休息了……

一个独居行动不便老人生活的画面铺展在我眼前，知识分子的清高、中国父母的慈爱，即使在最困难的时候，她依然选择不给别人添麻烦，尤其是自己的孩子。

这通电话她讲了足足 126 分钟，我许诺去闵行看望她。

过了几天，我约了高中闺蜜和当年的班主任一起去了闵行。是幢高层，汤先生早早地在家里等候我们。我看出了家里特意收拾过的痕迹和她整齐的衣着打扮，洗得泛白的小碎花裙和围在脖颈的真丝围巾，可以想象年轻时候的汤先生也是爱美之人。没有过多的询问，只有满满的祝福，我们都希望她的晚年生活安详自在。

生活充满了太多的无奈和戏剧性，去看望汤先生没多久，她就独自住进了长者照护之家，而半年之后，她又回到了松江寓所。前几天，我给她打电话准备去看看她，她煞有介事地说："我还没准备好迎客呢！"

"好！等您准备好了，我们来看望您！"我笑道。

吴安

小　鸡

　　在我的记忆深处，总有一只毛茸茸的小鸡，时不时滴溜溜地转动着乌黑发亮的眼珠子，蹦跶到我的眼前，凝视着我。我已然从天真稚子迈入不惑之年，而它却依旧那么娇小可爱，如同当初那般……

　　那年我四五岁，父母带我去菜场买菜。当我站在鸡摊前时，久久不肯离去，一双眼睛牢牢地锁定了篾箩里密密麻麻的小鸡。哎哟，这些小鸡可真可爱，全身都是嫩黄嫩黄的绒毛，脑袋圆圆的，小嘴尖尖的，一只挨着一只，一只挤着一只，颤着翅膀，晃着身子，点着脑袋，蹒跚着步子，叽叽叽地叫个不停，就像一群活泼好动的小娃娃，甚是惹人喜爱。我的眼睛定住了，脚步也被牵绊住了。母亲拉着我的手催促我，我也不愿移步，只是呆呆地蹲在篾箩前面，目不转睛地看着小鸡，傻傻地咧嘴笑。"你想要小鸡？"母亲看出了我的心思。我有些胆怯，迟疑了一会儿，点了点头。"那就买一只吧。"父亲的答应格外爽气。我心花怒放，凑近篾箩，东瞧瞧、西看看，觉得哪只小鸡都逗人，哪只小鸡都可爱。父亲替我挑选了一只，拢在手心里，带回了家。

　　到了家，父亲找来了竹篮子，母亲拿来了厚厚的旧棉布铺上，小鸡就有了窝。小鸡待在窝里，摇摆着身子，欢乐地转着圈圈，叽叽叽地叫着，好像在说："这是我的新家，真暖和，真舒服！"站在篮子前，看着小鸡背对着我迈步，我的目光紧紧地跟在它身后；看到它转身朝我走来，我又立刻胆小地往后退。

吃饭时，我向父亲讨得一小撮米粒，捧到放小鸡的篮子前，趁它背对着我悠闲地溜达时，在它身后快速撒下米粒，又快速缩回手。果然，小鸡转身看到米粒之后，立刻不溜达了，驻足原地，低下脑袋啄米粒。它紧紧地盯着米粒，小眼睛显得乌黑溜圆，光亮有神。我看它吃得有滋有味，怯怯地伸手碰碰它的后脑勺，又马上缩回手。毛茸茸的脑袋摸上去真舒服，它啄米时颤巍巍的抖动却令我心中一阵紧张。不过，它似乎并不介意被我抚摸，只管低着头吃自己的美食。我不再那么紧张，又伸出手摸摸它的脊背，它依旧温顺如初。我乐了，一次次伸手触碰它，直到看它啄完米粒，才去吃我的饭，一边吃一边还时不时地回头看我的小鸡转来转去地散步。

一连好几天，看小鸡成了我生活中的头等大事。早晨一起床，还没穿好衣服，我就趿拉着拖鞋，看它是否又比我起得早；吃饭时，我安排好小鸡的吃食，再吃自己的饭；睡觉前，我必定要看一眼小鸡睡了没有，然后才能安心地睡下……连母亲都嗔笑道，我是母亲的宝贝，而小鸡就是我的宝贝。我听了，更觉得了自己作为小鸡母亲的骄傲。

有一天清晨，我发现小鸡蜷缩在竹篮一角一动不动。我担心地唤来了父母，父亲用手摸摸它身上的绒毛。它微微睁开眼睛，身上的绒毛在微微颤动，我舒了一口气。可是，它依旧还是趴着不动弹，气息微弱。母亲说，也许昨晚天凉，小鸡着凉了吧。我后悔前一天半夜，听到窗外的呼呼风声，只顾自己裹紧被子睡觉，却没想到小鸡是否暖和。我急得团团转，母亲用棉布给小鸡盖严实，对我说盖暖和了，小鸡或许会恢复的。我还是担心，吃饭时看着它，外出回家后去看它，睡觉前还来看它。整整一天，它都是有气无力的，眼睛没有了神采，只是偶尔转动一下乌黑的小眼珠。到了晚上，它竟浑身发抖起来，蓬松的黄色绒毛抖个不停，尖尖的小嘴里再也发不出叽叽叽的欢乐歌声。父亲给小鸡喂了药，又喂了一些水。我怔怔地看着小鸡，心里很是不安。

次日一早，我又去看小鸡。它静静地趴着，身体已经不抖了。我以为它康复了，等一会儿睡够了就会像以前那样精神抖擞地东逛西逛。可是，我吃过早饭后，它还是睡着。父亲抚摸它，它依旧一动不动。母亲去看它时，突然叫我过去。我发现，小鸡的身体已经僵直了，横在篮子里的垫布上面，没有了丝毫的生命迹象。瞬间，我号啕大哭起来。小鸡、篮子、房屋，连同整个世界，都在漫天漫地的泪水里变得模糊不清。尖厉的哭声在整栋大楼里回荡，楼上楼下的阿姨伯伯都跑来敲门，询问家里出了什么事，得知是死了一只小鸡之后，不以为然地离开了，而我不顾他们异样的眼神，只管哭，仿佛被割去了心头肉。父亲说，过几天再去菜场买一只小鸡吧。我摇着头，继续哭。菜场还会有很多圆脑袋、黄绒毛的小鸡，可是哪一只圆脑袋、黄绒毛的小鸡都不会是我的宝贝。我的宝贝永远不会再像以前那样跥着小脚丫在竹篮子里溜达了，永远不会再像以前那样低着头啄食我喂它的米粒，永远不会再像以前那样用乌黑发亮的小眼睛滴溜溜地瞅着我，永远不会再像以前那样叽叽叽地朝我叫个不停……我的小鸡没有了，我和小鸡一起相处的美好时光仿佛也在这个世界里停滞了。我的心里虽有好多好多的不舍，却也有更多的无奈。我一连几天都吃不好、睡不好，常常玩着玩着就想起我的小鸡，想着想着就掉下眼泪。

从那一刻开始，我渐渐知道，所有的生命终将别离，或早或晚，无可避免。我们唯一能做的，就是珍惜那些共同拥有的美好时光。

杨强劲

祖父像头牛

祖父离世是在 20 年前一个夏天的深夜。在那个深夜之前，我们谁也不曾想到，身体健康、性格开朗、善良宽厚的祖父会突然离开我们。母亲说，祖父临走时躺在医院的病床上一直苦苦地撑着，直到他所有的孩子都赶到医院得以再见一面时，他才放心地离开。

祖父的一生曾给人们留下深刻的印象，常年在乡镇担任基层干部，走村串户和乡亲们打成一片，甚至在外工作几年才返乡一次的人，回家后要做的第一件事便是去探望祖父，以至于祖父离世的消息传出后，许多熟识或不熟识的人都会感慨："这么好的人怎么就走了。"我常常想，倘若祖父地下有知，能听到人们在他身后对他的怀念，或许会感到欣慰——不，一定会感到欣慰的，他是那样宽厚的一个人。

记得祖父离世那天，我一时兴起，牵了他养了许多年的老牛去河边饮水，虽然不常和这头牛打交道，但它温顺的禀性我多少还是知道的。可是，当我把它牵到河边的时候，它居然出其不意地猛一扭头，一下子将我拉到了河里。后来，每当回忆起这件事，家里人都会半开玩笑半认真地说："这是你爷爷跟你开了个玩笑，带你玩呢。"

祖父确实像他养的这头牛一样，对土地和生活充满感情。祖父子女较多，但在那个什么都缺乏的年代里，祖父硬是靠自己的辛勤劳作给他们提供了尽可能多的机会。要知道，在20世纪五六十年代，一个农村家庭有五个孩子能读到高中或大学以上的实在不多。这倒不是经济上能不能支撑的问题，更是对子女教育在观念上的突破。在这背后，祖父像他养的牛一样，背上系着犁或者耙的纤绳，低着头不发一语，只顾耕种脚下的土地，在泥土的腥涩和呼哧呼哧的喘气声中播种着家庭的希望和未来。日复一日，年复一年，老牛伴着祖父，祖父牵着老牛，一路走来，一路耕种。在老牛的眼中生活的艰难像一座山，把祖父的脊背压弯，却压不弯他热爱生活的心。不论阴晴雨雪，祖父总是大声爽朗地笑，间杂着他用锄头击壤而歌的喜悦，他似乎在用笑声和喜悦感谢磨难，感恩生活。这种朴素的生活热忱逐渐潜移默化地成为家族的某种精神烙印，影响后辈儿孙，也让这个家族成为广袤时代浪潮中一抹细小却真实的微光，氤氲出浓郁的人间烟火。

记忆中，祖父的卧室里有一张条桌，上面整齐地摆放着他工作的一些资料，有文件、账本、书报，每一件都工工整整、井然有序地沿着墙面摆放在桌上，一摞一摞，透出一股似有似无的书墨香味。自打记事起，我便喜欢打开他的账本翻看，每次都会惊叹于他那一手洒脱的钢笔字。直到今天，我坚持用钢笔书写的习惯就是受他的影响，我总是期待着有一天能写出如他一样的字来。

在20世纪90年代的中国乡镇，基层干部的工作是琐碎而繁重的，从催缴农业税到调解某家几个儿子分家，从劝服晚辈赡养老人到鼓励年轻的父母让孩子接受教育，从调解东家盖房多占了一分地到寻找西家丢的那只鸡，这些在乡村里稀松平常的事，其实都关系国计民生。作为基层干部的祖父对各种情况要了然于胸并力争妥善解决，这不仅需要大量的精力投入，而且需要源自乡土生活的朴素智慧。我常常看见祖父在午后喝得满脸通红回到家，熟悉他的人都知道那一定是他去调解某家的家庭矛盾去了，而他总是自己带瓶酒去，别人只需准备点油炸花生米之类的东西就可以了，三杯两盏下肚，敞开心扉谈谈，那些缠绕在人心头的小纠纷往往就解开了，以至于祖母常常抱怨祖父的那点工资还不够他拎着酒瓶子东奔西跑地去做工作。但是，祖父很享受这个过程，他希望每家每户都和和睦睦，幸福美满。在地缘关系至关重要的传统意识中，乡村工作并不是经常能够从理论和规则的层面上去衡量的。祖父一辈子都没有和人红过脸，哪怕大声说话也是极少有的。他可能并不懂什么语言艺术、沟通技巧，但是从一颗本心出发，守望乡村安澜、乡亲安宁的愿望，让他具备了最接地气的工作哲学，这种哲学依托几代人的血缘关系，成为维系乡土人情最有效的纽带。祖父一生深谙这个道理，并且乐在其中。

平凡的人生有恬淡的境界，普通的岁月有感人的温暖。祖父一生就是在这平凡和普通中度过的，但是谁能遗忘他在有生的日子里给我们留下的教诲和带来的感动呢？经年之后，祖父仍然像一头牛一样，默默地站在他热爱的土地上，面带微笑，默不作声。

陈贝贝

再忆孙大雨

　　沪上翻译家甚多，华东师范大学外语学院就有很多赫赫有名的译者。拿英文译者来说，早期出道的，有周煦良、孙大雨等；晚一些时候，有叶治、黄源深、张春柏等。其中，我最感兴趣的一位是孙大雨。

　　第一次听到孙大雨这个名字，并非在华东师范大学外语学院的翻译讲座上，而是10年前我读本科时，在校史资料里看到他与梁实秋的一些往事。梁实秋作为高他三级的学长，经常与他、闻一多等青年诗人在西单梯子胡同谈论诗歌，讨论新文学的问题，并且在《清华周刊·文艺副刊》上发表诗歌与翻译的相关评论。

　　1930年梁实秋调国立青岛大学英文系任教，应胡适的提议，开始翻译莎士比亚的作品，但是由于他对莎翁的作品也认识不深，仅读过一些他的剧本，就邀孙大雨加入翻译团队。孙大雨应邀前往，教课之余，与梁实秋畅谈文学，把酒言欢。然而，他们在如何翻译莎士比亚作品的问题上，逐渐产生了很大的分歧。梁认为莎士比亚剧本无法真正移植到中国文化，因此应该采取散文形式翻译，而孙坚称莎士比亚的原文风格不可随意抛弃，应该采取诗体译法。有一次课上孙大雨公开指出，梁实秋对莎剧翻译的认识不足，采取的翻译策略有误。此事传到梁实秋耳中，随即解聘了孙大雨。

这个故事至今仍然被人们津津乐道，敢于与发现自己的"伯乐"叫板，以至于丢掉工作，可见孙大雨是个性情中人。

除了翻译莎士比亚的作品外，孙大雨还翻译了大量的中华古诗词，70多岁的时候出版了《屈原诗英译》《古诗文英译》等著作。其中谈及为什么翻译，他说："这个工作只有我来做，因为既精通桑纳特的格律，又精通中国古典诗词格律的人，中英两国，恐怕除我以外已经没有别人了。"这并非他孤傲自吹，也不是为自己立传，凡是英美文学专业的人，大概都理解这句话，其实回答了两个问题：第一，为什么译？在中国数千年的文学史中，流传下来很多汉魏乐府和楚辞作品，而这些文化瑰宝作为中华文明的核心文化要素，作为中国文化走出去的重要敲门砖，是十分值得翻译的，也是必须翻译的，而能担此重任的，却不是随便一个译者，与其说译者选择了译本，不如说译本早在冥冥之中选定了译者。孙大雨在其生命的最后20年，呕心沥血把中国传统诗词，尤其是楚辞和唐宋诗词，按照桑纳特十四行诗的韵律，翻译成了英文。这对于中华文化走出去，是十分难能可贵的贡献。有很多译者可以把中国古诗词翻译为英文，但是没有使用令西方人接受的韵律和形式，因此很多译本成为一种转瞬即逝的现象文本，而有些译者试图把中国古诗词翻译为令西方人接受的形式，却把原作改成了四不像。孙大雨的贡献在于，他让西方人看到了中国译者的实力和魅力。

至于为什么翻译屈原，孙大雨生前并未做过多表述。这牵扯到翻译的另一个问题：为谁而译？孙大雨敢于成为继林文庆、杨宪益之后翻译屈原诗的第三人，可钦可佩。在我看来，孙大雨翻译屈原，也是在翻译自己。出生于1905年的孙大雨，门第显赫。父亲为清朝末翰林，为他请私塾先生悉心教导，孙大雨少年时就已显现出对古文以及英文的极大天赋。然而，随着父亲的去世，优渥的生活在孙大雨13岁上戛然而止。之后的日子，风雨飘摇。而屈原，同样出身于贵族，同样倔强孤傲，同样在当时的文学运动中脱颖而出，创立了楚辞，开辟了香草美人的传统。这样的两个人，怎会不惺惺相惜呢？ 当屈原遇到大雨，当诗人遇到诗人，一段佳话就此开始。

我翻开《屈原诗英译》，看到了《橘颂》的英译。看左边的文字，是皆可成诗的屈原；看右边的文字，是写十四行诗的莎士比亚。我的目光从左移到右，又从右看到左，看到孙大雨先生在上海的一个弄堂里，坐在红木桌旁，正一字一字地推敲。外面大雨滂沱，如诗如歌。

乔进礼

架子车

　　我出生于桥柳村，属于商丘市宁陵县一个普普通通的农村。20 世纪 90 年代，外出打工的人还不多，农民光靠种地的收入，也足够一家人衣食无忧，甚至于给几个孩子结婚生子，为家中老人养老送终，都没有太大的问题。我常常以为，那个时候是中国农民的黄金年代，两口子养四五个孩子也能拉扯成人。不像现在，夫妻俩打工，养一个孩子，还有各种怨压力，似乎难以承受，更别说照顾老人了。

　　我对架子车最初的印象，并不是完整的架子车，而是架子车的车轮。因为架子车不用的时候，大人们为防车板被雨淋而朽烂，常常将车板从车轮上卸下来，竖立在墙角。这时卸下来的车轮就成了我们小孩的玩具，很多小孩刚会走就喜欢推车轮玩。大概，那个时候的孩子们玩具实在太匮乏了吧。

　　很小的孩子只是缓缓地推，当然体会不到推车轮的快乐。大概 6 岁到 8 岁，才是孩子们推车轮的黄金年龄。当时，农村都是土路，且多泥沙，我们几个孩子每人一个车轮，排好队开启一场推车轮比赛，背后往往有几道尘烟，有时候还要拐弯，刹车不及时有可能摔倒。不管谁赢了，大家互相看着对方的一脸泥，难免都要一阵追闹大笑。

比赛只是推车轮玩法中的一种，有时候我们觉得无聊，还会换一种玩法，一个小孩坐在车轮的横梁上，另一个小孩在后面推，就这样你推我一段路，我推你一段路。双脚不用出力而往前走，方言称之为"得崩崩"，我不知道究竟是哪几个字，只能用普通话找了这三个字来替代。

还有时候，我们不仅仅是推车轮，偶尔也会推带车板的架子车，这时往往是几个孩子坐在车上，另外几个孩子推，有的推车把手，有的推车帮，大家尽可能跑得快。几个孩子大喊大叫着拼命地跑，倒真的是村里面的风景线，只是大人们从来都是视而不见、听而不闻的。还有时候，大家干脆将架子车当作跷跷板了。再有时，我们将一辆架子车的车把绑在另一辆架子车车轮的横梁上，就升级成了一辆四轮车，推动时还可以转方向。

当然，除了玩以外，架子车还有很多实用性功能。我读小学三年级以前，家里面没有手扶拖拉机。农忙的时候，庄稼全靠架子车拉，父母就这样一车一车地将麦子、花生、玉米、红薯，从地里拉到场里，然后再拉到家里，其中的辛苦可想而知。架子车毕竟容量有限，跑很多趟也拉不了多少。当时的庄稼大多是靠天吃饭，浇水、拉运、脱粒一概不方便，因此我们家的麦子经常不够吃，到春天的时候接不上气，就找爷爷奶奶借两袋子。

我上三年级的时候，家里买了拖拉机的机头，主要是给庄稼浇水用，仍然要放在架子车上拉。此时，架子车更要吃苦受累了，不但要拉机头，还要拉水泵、水管等一系列工具。再往后，家里买了手扶拖拉机，拖拉机拉着板车，实际上是架子车的升级版，于是架子车稍微可以轻松一些了，不再干最重的活，但作用仍然很大。

其中最主要的是用架子车短距离地拉运一些东西，比如去邻村将麦子磨成面粉。我经常承担这样的工作，大多数跟哥哥一起，有时候还带着弟弟，让他坐在架子车上，拉一两袋面粉。有时候是推着，有时候是拉着，到邻村磨面，因为路都是沙土，并不好走，所以磨完面回来，往往累得胳膊酸痛。当时，我一边推车一边想："一定要念书，再也不要干这样的活了。"后来我能考上大学，跟这原动力也有一定关系。

架子车还有一些临时的用途，比如盖房子拉砖，施肥时往地里运肥料，种树时运送水和土等。关于架子车，还有一件事对我印象非常深刻。高考之后，我因为暴饮暴食，一天午夜突然拉肚子，早上的时候已经脸色蜡黄，晕倒了两次。我强忍着从后院挪到前院，奶奶见状，赶紧带我去村医那里救治。由于三轮车太短，我躺着不方便，奶奶也不大会骑，于是她赶紧将被子放在架子车上让我躺下，将我推到了村医那里。医生看后，说我脱水了，连打了两次盐水，我才缓了过来。

当时，奶奶不到70岁，身体还很健壮，今年已经88岁了，虽然没有什么大的病症，但体力肯定是大不如从前了。自从母亲走后，奶奶承担起了母亲的角色。我躺在架子车上，奶奶在前面拉，我虚弱得几乎无法睁眼睛，只能从架子车的震动中，感受到车还在往前走。到的时候，奶奶额头已经有了汗水，这是我跟架子车最大的缘分了。

当年，我又参加了秋收，由于有拖拉机和板车的存在，架子车几乎没怎么用。再后来，我读了大学，哥哥由于失去了劳动能力，弟弟也读了高中，只剩下父亲一个劳力。无奈之下，父亲只好将土地承包出去，给人去打工。再后来，爷爷奶奶买了电动三轮车，架子车差不多彻底失去了用途，车子卸了放在屋内，车板就竖立在屋外的墙头，任凭风吹雨打。

我大学毕业后，有时候回家还能看到车轮，但是朽烂得不成样子了。还有一年冬天回家，亲戚们觉得太过寒冷，就找木柴烤火。正好看到墙角的车板，于是将它付之一炬了。我当时也不知什么心情，也跟着站在火堆旁，最后感受到了架子车给我带来的温暖。

魏叶

遥遥望佘山

也许是近日重温了《我的遥远的清平湾》一书的缘故，我忽然想到了佘山。这座仅半小时车程的山，却在记忆里有些模糊了。

这座山于现在的我来说，可能要戏称它为"小土丘"了，但在 7 岁前的记忆中，它曾那么巍峨。

第一次的相遇，我是寻着一张张照片回忆的。20 年前，去佘山是坐公交车的，记忆里开了很久很久，久到我好像都快睡着了。看见佘山的时候，它便像是天降庞然大物一般地出现了，满眼葱翠，古木参天。站在山脚往上望，长长的台阶一眼望不到头，蜿蜒而上无限延伸，好似永远爬不完一般。

今年油菜花黄的时节，顺路去爬了趟佘山，一口气冲上去约莫也就一刻钟。站在山顶，看着山路上拽着父母往上冲的孩童，不知道 20 年前的我是否也曾一路冲上山顶，气喘吁吁的。想必，母亲是牵着我的。现下，看着山路上走走停停的母亲，有些恍然。这条路我们走过很多次，却再也没有牵过手。

山顶其实不大，人也愈发少了起来。印象中的佘山却是人头攒动的。山上曾有个"动物园"，吸引了许多孩童驻足，我当然也是其中的一员。

在那里，我看过鹦鹉表演，赏过孔雀开屏，一路走来眼花缭乱，很是热闹。一张泛黄的照片里，缺了一颗牙的我正惴惴不安，生怕立在手心上的鹦鹉突然啄我。

重走一遍山路，许多地方和记忆中一样，又有许多地方如此不同。总记得山上该是有索道的，但没找见它的踪迹，询问父母，一说有，一说没有，仿佛记忆出现了偏差。一如那只鹦鹉一般，怕是只能在我的照片中寻到它的踪迹了。

山上的烤肠曾经是心心念念的佳肴，如今看着烤得油滋滋的香肠，终是没了曾经的食欲，但多年前，那是我软磨硬泡才能尝一尝的美味。还是没忍住买了一根，香气四溢，齿颊留油，但我真切地发现那不是快乐的味道了。

爬山的我不再期待山顶的烤肠，而这座山也不再热闹。它伫立了千百年，渐渐老去的哪止它呢。

再次登山也不知是何年何月，它却总遥遥俯瞰我们。

沙润和

春之随想

玉泊湖是我的后花园。

密密的竹林隔开了尘世的喧嚣，说起来也颇为神奇，不远处的教学楼还一片热闹，绕钟楼便来到了这里。绩点、奖项、排名统统被抛至脑后，唯有与大自然相处的宁静与平和。从前我不曾在意这山山水水之美，沉浸书海已然让我感到心灵的丰盈。但是，在巨大的内卷压力下，我目睹竞争残酷，才开始尽人事听天命，逐渐寄情山水，不想却爱上了这片充满灵性的土地。

万物都能在玉泊湖里获得滋养，亦在湖水的爱抚里，在阳光的眷恋里。我爱在阳光下透着金色的玉兰，爱盛开得像雪一般的梨花。我最爱那几只黑天鹅和它们的丑小鸭，每天中午，它们都能自由自在地、漫无目的地游走闲逛，我羡慕它们这浪漫的一生不需要意义来点缀。其中一只游向我，它在岸边徘徊，看我举起相机，便迅速又傲慢地游向湖中央，发出萧条的长鸣，引得我心悸。前些日子，那只丑小鸭的毛还是难看又沉闷的灰色，如今已然毛发乌黑透亮，亭亭玉立。虽然它已长大，但无论它抬头吃柳叶，还是低头吃水葫芦时，父母始终前后护卫着它。我又心疼那只被孤立的黑天鹅，传说它曾拥有令人艳羡的爱情，但爱人在隆冬去世之后，它便孤身一人。它也似乎很享受这种孤独，默默地在湖中央的平台上久站，一声不响，仿佛在祭奠逝去的爱人。我尤其偏爱它，总是谴责一家三口的孤立行径，可是它的苦又有谁能替它承受，谁说孤独又不是它做出的艰难抉择。

孔雀看到我也从小屋里出来，母孔雀和我大眼瞪小眼，特意走到我的面前，傲慢地抖着它的三根毛皇冠，公孔雀则梳理毛，不久后就窝在树下的灌木丛中不动弹了。我手机里放着孔雀开屏时的叫声，穿着橘黄色的裤子在它面前跳舞，它竟丝毫不理会我。母孔雀埋头啄石子吃，又傲慢地伸缩着脖子走来走去。在我走了很久之后，朋友发来孔雀开屏的照片，母孔雀羞涩地跟在公孔雀身后。孔雀的包办婚姻究竟是幸福，还是向命运的妥协？

玉泊湖的春天是那么美，闭上眼睛我仍能想到我处于柳树下，满眼的绿，黑天鹅在湖中央优雅地站立、梳毛，微风拂面，阳光浸润着我的每一寸肌肤，每一缕透过柳树洒下的光，通过大自然温柔的双手抚摸着我。

我和万物是平等的，柳絮飘在我的头发上，蝴蝶停留在我的衣服上。微风吹过我，就如同它吹过湖中的天鹅一样。湖面波光粼粼，无限的未来和过去在一圈圈涟漪中舒展，我看到两端皆是虚无的彼岸，苦苦追求的功名利禄正如镜花水月，笼罩着原本透亮澄澈的心灵。有时我充满信心，万物皆备于我，反身而诚，乐莫大焉！当暴雨来袭，想起那些骇人听闻的传说，我又感到人类的渺小，患得患失是多么可笑。大自然是多么慷慨和强大，而人类本身是多么局限与卑微！但在无尽的追问中，眼前的一切亦失去了形状和色彩，如若一切皆不能永恒，那何为生命的意义？

在玉泊湖畔内观自我，我收获了整个世界。若千年来对生命意义的追问终究不可解，那便沉浸在春雪蝉鸣中，沉浸在一呼一吸的觉察中吧！或许，探究自身、聆听自然才能接近唯一的答案。

朱逸轩

相交线

当你意识到，这是你们见的最后一面。

——题记

　　沐浴在如聚光灯一般盛大的阳光之下，身体随着湖水的波澜而起伏不定。身处大西洋的最后一滴眼泪中，我却被一种强烈的不真实感击中，随之而来的是眩晕和呕吐的冲动。于是我强忍着不适给倚在栏杆上的女生拍完照片，便栽倒在游轮的座椅上。

　　低头，深呼吸，人的气息连同湖水和风的味道一齐涌入鼻腔，直至脚底。我正身处这样的环境中，周围尽是穿着红色救生衣的游客，远方是碧蓝的湖天一色，地平线将其分割成好看的色块。

　　"好美啊！"你说。

　　我扭头看看你，又转向远方，喃喃道："是啊，好美！"

　　现在是北京时间的下午 1 点，我和仅认识了 5 天、刚刚为之拍照的女生，一起坐在摇曳在赛里木湖的游轮上，吹着同一阵来自大西洋的暖风。与其说是游轮，不如说是帆船更合适。船上二三十人的样子，所幸湖水的清澈和天空的晴朗更胜一筹，使人得以屏蔽噪声而平静下来。我一边中和道内心的平静与身体的起伏，一边回味琼尹刚刚的话。

"好美啊！"

这是感慨吗？这是感慨吧。她是在跟我说话吗？好像不是。应该肯定不是，毕竟她这几天就没跟我说过几句话，那我的回复就显得很尴尬。我甚至还回头看了她一眼再回复，简直油腻得不行，她不会觉得我是普信男吧……啊，无论怎么想，这都是最糟糕的情况了。在旅行的最后一天，我因为她一句莫名其妙的感慨而破坏了我这5天努力塑造的形象……算了，也无所谓吧，反正旅程结束也不会再见面了。

人对一个陌生人一定会有一个印象。比如班上从未说过话的女同学，你偶然间找到她在某个app上的账号，并发现她有且仅收藏了一条"如何快速解决便秘"的视频，那么你以后看到她就会想到，这是一个便秘的女孩，也许看到"便秘"二字也会想到她。这就是印象。我对琼尹的印象，除了高马尾和侧脸以外，最深的就是一身红的搭配。在旅行的第一天，即初次见面时，她就穿了一件红色的上衣和一条红色的裤子。除了第三天换洗以外，后面两天她又穿了这身大红色衣服。你别说，还怪好看的。我以前一直认为上下身穿同一种颜色是非常老土的搭配，她却想凭一己之力改变我的这种看法，真可恶。

此外，她还有个特点就是不爱说话。不过也许只是不爱跟我说话，我想。

5天的行程真的很快，在看完赛里木湖边的天鹅后，我同琼尹还有导游一齐上车，准备回乌鲁木齐，即旅行的起点。一路上，导游一边开车一边哼着歌，琼尹在p图，我则百无聊赖地看着窗外的风景。窗外有蓝天白云，蓝天白云下有广阔的平原，偶尔有花海或是牛羊，牛羊的头顶有蓝天白云，蓝天白云下有……我目光呆滞，走马观花。因为我正像个痴汉一样思考着，这5天琼尹跟我说过的几句话：第一天说了你好；第二天我问她要不要坐副驾，她说不用；第三天下雨了，提醒我收衣服；第四天问我借了张纸；第五天问我能不能帮她拍张照，还说了谢谢。如果算上那句"好美啊"的话，也就是七句，真是屈指可数！

　　她住在青海这件事还是我从她和导游的聊天中才知道的。我住在上海，不出意外的话，我大概很少会去青海，哪怕去了也没有理由刻意找她。也就是说，这是我们相处的最后六个小时，六小时后我们将从彼此的生命里消失，真正成为一个过客。

　　我第一次深刻地体会到倒计时的感觉。当你清楚地意识到，这是你生命中最后一次见这个人，你会怎么做？我只是靠着车窗，心猿意马地看风景，心里犹豫要不要去加个微信——瞥一眼，她还在p图——算了。

　　……

　　第五天，也就是今天，我和琼尹跟着二三十个陌生人一起坐上了漂浮在赛里木湖的帆船。我和琼尹被挤到了中间，我认为最差的位置，人们穿着厚重的红色救生衣一个挨着一个。起初我还窃喜，和琼尹挨在一起，但是没多久，她就离开座位站到扶手边拍照了，取而代之的是一个10岁左右的小胖墩，他的屁股比我的头还大，随着湖水的起伏，他的屁股不停地顶我。妈的，本来就烦，于是我也用屁股顶了他。

　　令我没想到的是，琼尹居然提出来让我给她拍照。我受宠若惊，蹭地一下就站起来。她把手机给我，自己走到栏杆边上倚着。我紧张地咽了咽口水，决心使出浑身解数为她拍出最美的照片，让她为之折服。相框里，红衣服的女生，聚焦、湖水、天空、地平线。我选取了我认为最好的角度、最好的构图，为了不错过任何一瞬间，我按快门的手就没停过。

　　"好美啊！"

　　车子缓慢地驶向十字路口，停在斑马线前，红灯不紧不慢地开始了60秒的倒计时。我知道，转过这个路口，就到琼尹住的地方了。接着第二天，她就会搭上回青海的火车，而我也会坐上回上海的飞机，我们的生活就会像一个角的两条边，渐行渐远，再不相交。

　　我知道终会到这一刻，我的脑海中不断地闪现着这句话："这是你生命中最后一次见这个人。"尽管仔细想来，我对她根本不了解。她只是一个陌生人，一个喜欢上下身穿同一种颜色、拥有好看侧脸的女孩。我不知道她大学在哪读，不知道她会把我为她拍的照片分享给谁，也不知道她会记得我多久。我觉得我大概不是对她有什么特别的感情，只是她是我懂事后的第一次旅行的第一个旅伴。在我明白了有些人这辈子只会见一面的道理后，她是第一个践行者。即便换作是一个老奶奶，我也会有一样的情感和想法，大概。

事实是在等待红绿灯的这60秒里，我不知道该怎样面对即将到来的分别。这一别一定是永别，我清楚地了解这一点。我想该做些什么，但我什么也没做，只是看着信号灯里的数字越来越小。

琼尹开始打电话，她姐姐一会儿会在路口接她。

绿灯转亮的时候，我们终于抵达了终点。

导游下车给她搬行李，我从后座穿过后备厢看她的侧影。她还在打电话，跟她姐姐确认彼此的位置。直到后备厢合上，她都没有看我一眼，我也没有开口说话。旅行的最后，连一句道别都没有。

车子载着我渐行渐远，我从后车窗里看了她最后一眼。

云间笔会
2023

诗　歌

王迎高

空椅子

一

在等一份安静，所有的发泄加工成了手艺。

在等一个人，借他的拐杖拨动一片落叶知秋。

在等一次倾诉，没人的时候自己和自己说话。

当风学会换个角度吹糠，一粒米才蹑手蹑脚赴约。

当空位接纳了盈亏，一副紧绷骨架被摆成把控的宽敞。

二

人走了，位置还得留着。

位置走了，人在后面排队追赶。

三

肋骨亮出，脊椎亮出。

把疼痛晾干，肉体让光阴啃空。

一尊老实人被坐，被不坐，被遗弃，被闲置。

被锻造术斑驳，被可有可无。

四

多像骨瘦如柴的父亲，

即使关节脱臼了，还要支撑起一个家的负重。

又像躺在病床上的母亲，

只要还有一点气力，总是将平凡的生活擦出包浆。

五

我们旧了，所以有很多的时间空成手势和语词。

我们替现实活着，让后来者自带一副尺寸整合的卯榫。

六

人性和物件是一样的，

必须接受想用时候的风光，不用时候的落寞。

读懂了空，那把椅子才能生存得长久。

读懂了人性，那本书惦记翻阅、虫蛀和鼠遗患。

七

空着好，可以不拘小节，装进更多隐藏。
空的挂相，有客座有兼职，有筹码有心机。
空的风生水起，飞檐走壁，一次次将相信掏空。
空的滔滔不绝，飞蝗跋涉，肚子里全是虚汗功夫。
空的会磕、能套、明配料暗勾兑，空的风格炉火纯青。

空停歇在空的成像里。
空的向悬而生，悬着就是不掉。因为，
悬得有高度，有宽度，有厚度，有组合，还有掌声。

八

为一些人的坐，很多人将背弯下。
为一些人的晃，很多人咬牙坚挺着。
为一些人的来，很多人把空隔成围观。
为一些人的空，很多人将嘴巴缝成知而不宣。

九

那枚钉子锈蚀了，挂着的镜框碎了一地。
那堵墙一脸淡定说，有钱也没用。

那只火柴盒空了，火柴们都去哪了？

有跳槽，有挂羊头卖狗肉去了，有参加夜市的萤火交易。

那条河还是叫那条河，水走了。

河床裸露出皲裂里的干。

十

庙里的佛像空着，香炉也空着。

桌子上的酒瓶空了，喝酒的人躺在地上。

椅子空着。

半岛

西双版纳是时光赠予人类的一幅画(组诗)

时光的杰作

西双版纳是时光

赠予人类的一幅画

时光倾尽其力

以万种笔法、亿年色彩

绘出云之南

怦然心动的魅力

事物与事物以性相逢

美丽的西双版纳

我是上海的俗物

融入你佛的风情

西双版纳与我

是事物与事物以性相逢

敬与敬相逢

俗性在佛性中净化

敬畏神

澜沧江

澜沧江拐一个弯

我的思绪跟着拐一个弯

澜沧江失眠

我跟着失眠

澜沧江修禅的长躯

是一具美的历程

澜沧江揽着我

我在她的禅臂上悟美

告庄与星光夜市

星光夜市是光

长成告庄的景

作为访客

我只是不停消费

反哺她美的光景

告庄的夜是女神

白皙细嫩，身姿曼妙

美，步在语言之上

原始森林公园

除了秩序，还是秩序

几十只猕猴

排队接受投喂，吃饱离开

把位置让给下一位

除了长寿，还是长寿

沟谷雨林里

几百棵千年古树

直抵云天，天物合一

李耳先生在吗

我们谈谈天人合一的哲学

景洪的水让我失眠

淋浴时，恍然大悟

山跌碎的水

沟谷冒出的水

澜沧江散开的水

矿物质的水

小分子的水

被傣族内外吸收

送达周身，养育美

西双版纳的水滋养圣灵

离开景洪时

我发现自己的体肤圣洁许多

沈亚娟

癸卯元旦

解甲偏逢三载瘟，
掩门锁道断宾亲。
游山游水云游客，
抗夏抗冬虫抗人。
风雪侵来吟兴瘦，
瘴烟蚀处病怀峋。
今时大地新元至，
更索兔毫描紫晨。

元宵烟火

霞烟炸响上寒霄，
暮色流光沸热潮。
但见人欢星火烁，
飞花入土种春苗。

白玉兰花

云卧寒枝花眼萌，
邪烟除尽吐香清。
由来高贵雍容貌，
谁识春申吹号兵。

春　暮

春暮蔬田翻播忙，
苗青茄紫柿花黄。
鸟鸣扑翅先争食，
人急张罗且试妆。
日日几回观景象，
株株片叶结肝肠。
展眉舒目园中望，
心共瓜藤直上扬。

王福友

灶火（外二首）

灶膛里煨着一团火

把缕缕乡愁释放出来

四季在这里一节节燃烧

发出噼噼啪啪的絮语

一团灶火煨热人心

围在灶膛边的日子，一个挨着一个

油盐酱醋与酸甜苦辣相濡以沫

烹制出无法挥别的别绪离情

灶火煨着的生活热乎乎的

灶火舔着的脸庞红扑扑的

父亲添一根干柴把心情照亮

母亲托一缕炊烟把游子唤归

灶膛是一个家最红火的地方

任红通通的灶火烤暖一双粗大的手
一双手把灶火越拨越旺
就有五谷丰登，细水长流

小村，我的梦爬出窝沿

夜晚，庄稼在黑色的风里张望
它们的眼神错综复杂
狗叫声很碎，从一家院子里长出来

窗内的灯光喘着气
发出昏黄的声响，夜鸟的鸣叫
挂在树梢上，成椭圆形状

一朵花开成半朵
比另一朵花更加寂寞

梦，眼睁睁醒着

野菊花

野菊花，开在夜的寂寞里
早已叶冷花瘦
憔悴的心事无处倾诉，无人倾听

谦卑的身子匍匐在最低的尘世

却想把一点点鲜艳开在最高的枝头

不用花哨来取宠

只用一色的黄在秋冬编织简单的梦

野菊花，星星点点

走在从秋到冬的路上

在乎的不是要人多看它几眼

而是把淡淡的香气悄悄释放

梅芷

晨曦中的鹁鸪鸟

　　鹁鸪的呼唤，似远非远，似近非近，萦绕着梦境，唤醒着沉睡。将灰暗的天空啼破，晨曦投射进来，映照并开启了双眸。

　　新的一天给了你一个清新、鲜活的世界，你与它凝视、对话、互动。而梦境是迷宫，总有一双隐形的手将虚构的海市蜃楼、藏在生活底下的记忆碎片拼接成流动的电影，并呈现在你面前。

　　是梦中的夜莺、宇空里的天籁，是冥冥的呼唤、心意相连，心灵去寻觅、奔跑、追寻。它是光明的使者，将黑夜的大门打开，歌声洁净和治愈了一个城市仆仆风尘和疲惫的灵魂，一些伤痛得以遗忘。

　　轻盈的脚步亲吻着大地，沾染着花香和人间的烟火气，行走的每一步都是那么踏实和美好。

夜晚，蹲在窗台上的猫

　　猫是生活的隐者，与人类保持着若即若离的距离。而此刻，楼梯的窗台上，猫蹲在那里，注视着人间的喜怒哀乐。一个个窗口，有人隐在黑暗中，有人呈现在灯光下。昧着良心的在夜色中更黑，灯光下，有的心闪着金子般的光泽，熠熠生辉；有的兼有天使的光明和魔鬼的阴暗。天使用善良、淳朴、温暖和爱装饰门楣，淳厚家风；魔鬼的空气的每一丝都充满了谎言、欺骗、暴力和阴谋。它总是沦陷在冗长的人间故事中。

　　它不是冷静、理智的观众和看客，常常抑制不住地泪洒窗台，又在很多时候愤而离席。虽然它的背影像冷峻的思想家和哲学家，代入感让它无力坚持又无法改变什么，现场总是它想离开又挂念的地方。

游走在夜色的狗

　　忠诚，是铁一般的标签，哪怕被关着、拴着、踢着、骂着。在眼皮底下的一面，温顺、服从、忠诚、义气，无人想去了解它的另一面。

　　夜色，城市的主宰者进入安眠时，那些被拴住、套住的不安分蠢蠢欲动，它们挣脱羁绊，肆意妄为。有的像游魂，悄无声息地游荡在人间；有的体内的弹簧压抑太久，寂静夜晚的犬吠，是疯狂的宣泄。甚至对柔弱的迟归女子，也要狗仗夜色无法无天，撕咬几口的贪念被飞驰而过的车轮卷走了。

　　寂静的夜晚，人类看不到的另一面，魔盒被打开，拘役的灵魂解开束缚，去肆意游戏人间。

梧桐街的鸣蝉

在最高处、最阴凉处，为何还要聒噪不止、躁动不安。

吟朝露、披晚霞、沐清风，用阳光的金线筑成明亮的心房。

方塔路上高高的梧桐树，延展成深深的阴凉的时光隧道。只听到知了在高树鸣叫，不知道它在哪棵粗壮的树哪个枝上。无论走到哪里，都有它的高歌。

没有人知道重复、单调的意义，只是它们生而缺憾，只有生命的另一半才能帮助治愈。治愈之时，就是人生截止之日。尽管短暂，却是圆满。

没有蝉鸣的夏天不是夏天。年少的夏天蝉鸣穿透记忆始终嘹亮，夏天是永恒的，有喧闹的蝉鸣、少女窈窕身材的连衣裙和向往的懵懂爱情。

夏日中午，马路上的蝴蝶

　　南来北往的车流经过云间商厦，刹那而过，没有停留的意思。唯有一只蝴蝶一次次奋力接近路中间花篮里的花。汽车的车流是无底的深渊，它用尽平生的力气挺住，爱的信仰给了无穷的力量；中午的太阳只会更加炎热，它甘愿爱的蜡炬随时变成灰。

　　除了美好的花儿，四周的其他都没有存在的理由，甚至烈日下的铁板和洪流，所以它选择了无视。阳光、清风、爱的奋不顾身在它心的原野雕刻成一样美好的花，所念之处无处不是她，那也是他自己，彼此比翼双飞，散发爱的芳香，也是难以逾越的爱的丰碑。

漫尘

一匹装在三轮电动车上的马

兄弟，你庞大身躯卡在铁皮栅栏里

沿葡泉大街一路向西

你的马尾自然翘起，随风摆动

马头冲着红铁隔板，保持警惕

兄弟，你四蹄在颠簸中觳觫

那通过电流驱动的铁皮，在你四肢

产生黑色电流，颤抖传遍你全身

那棕褐色脊背发出压迫式抽搐

我的兄弟，在午间还未散去灰雾的山谷

你被铁皮的震颤和咣当声所淹没

就在红绿灯路口，电动三轮急刹车

你一个趔趄，像个被惯性戏弄的孩子

前身拱起，后蹄蹲伏，将马头侧扬

就在那一刻，我看到你乌黑的眼睛

无辜、惊恐，巨大的无助，哀怜中没有

一丝愤怒……我的庞大而健硕的兄弟
在和你对视的一瞬间，我的歉疚
如同草原上的狼毒花，蔓延血色与绝望

很快，电动车又呼啸着奔驰，这匹铁兽
带着我的兄弟，很快消失在山谷薄雾中
我想象你的马尾、马鬃，在风中飘扬
像旗帜，也像鞭子，经过若干城镇和村庄
到达一匹马应该到达的地方：那里
有一群马在等着你

深山樱桃

过瓜果村，翻越车子坝

下到凉水湾，我们在大山深处盘绕

逐渐被大山的美学伦理征服

峭壁是端庄的，赤水源是慈柔的

贪嘴的鸟儿尽管欢腾，灰灰菜是谦卑的

最慷慨的要数满山坡的红樱桃

吃完低枝上的，攀下高枝继续吃

捧满掌心的可以分享，总有一颗显得更红

也总有一个你是节制的：留一些红的

给那些鸟儿吃吧。此时，黑山雀是感恩的

吐满一地的樱桃核是宽容的

樱桃树下，来自不同地域的我们

内心有些缠绵，目光是热烈的

陶醉于生命散发出的亲和气息

拜访完山旮旯里那户困难家庭

你悄悄地在乌黑的灶台上

放了一把红樱桃，它们的光泽是圣洁的

日啖枇杷

王朝的枇杷来自芒部

曹涛的枇杷来自大湾

宋德瑞的来自镇雄乌峰

个大，体圆，无农药

这些色黄味甘的果子从耐碱的缓坡

以集团的形式解送至

以勒西大街康巴拉牛肉馆二楼

我们寄居的公寓

后面驻扎着挖掘机和打桩机

从脐部撕开，果皮很驯服

指尖小心成全一种完美

舌齿在温暖和湿润之间跳舞

快一年了，我们享受很多的馈赠
土鸡、腊肉、茶饼、菌子、人参果
这张让异乡人逐渐融合的清单

正在抵消工地的嘈杂、尘土飞扬
雨天满腿的泥浆，还有刺骨的阴冷
烦躁的日子里让我们润肺止咳

那就匀出一半的枇杷
让蹲坐在公寓门口吃盒饭的
扎钢筋的工友尝尝

夏青

这世上没少过一滴水

又一场大雨倾盆
莫非是多少年前

那一场迟到的恸哭
斗转星移，岁月循环

倘若这世上没少过一滴水
这滴答的雨点

莫非是念想太久的泪水

奇巧在父亲节的子时
落在窗台

悬　崖

一棵松树在悬崖
一棵松树在乱石堆积的悬崖

伸向最外的枝头
是针叶的悬崖

站在悬崖喊出声音
我的唇舌是语句的悬崖

在平凡的世间

我让自己保持沉默
一旦松懈了警觉

齿间飞出蛙鸣
一次一次练习立定跳远

立定之处，是悬崖

松针像掉落的时间
风吹着它们飞扬，坠落，消失

这是一只黑鸟掠过暴雨后的白天
云是悬崖

晚　春

一条华子鱼在飞
一只土拨鼠在飞

一只岩羊在飞
一只树懒在飞

晴空一望无际，
一只白头鹰在飞

砰
一只乌龟从天上摔下来

森林紧张得闭上眼睛
绿得一丝风也没有

晨　市

美好的事物需要被描写
就像我眼前所见的城市

用诗的锤子和歌的斧头
雕刻语言，你听
柳枝蘸着湖水写春风

春风吹着花园和塑料的牛羊
一些最好看的花也是塑料的

对面的生活废品堆放点
烈日的普照下闪闪发光

你需要从高空俯视，把眼睛
装在八面玲珑的航拍器上

城市美丽，人人有责
用绿色的包装围起来

巨大的围墙，好看的字
美丽的框画，多像精心设计的玄关

王民胜

雨的心事

——聚影阁与诸女饮茶补记

纤手提壶斟杯

几人慢品滋味

忽听得花窗之外起参差

原来是雨有心事

都说人生如戏

戏里哪有真趣

千古英雄挽不住大江去

尽做了茶余谈资

留恋那芦花倩影绕沙堤

留恋那呦呦鹿鸣饮河溪

我一直在华亭痴痴等你

回来吧，我们的鹤子梅妻

结　香

偶然一个回眸，
便识此中最优，
纵然是花城粉黛成歌舞，
怎及得飞燕风流！

玉瓣相拥成球，
千千以结兰幽。
多少相思留在了金闺梦，
寰中箫又起新愁。

每个圆都有蕊仙倚琼楼，
每朵香都是花神骑鹤游。
依然是当年情肠几回九，
可愿作良辰美景风前嗅？

云间第一桥

你总是唱着低低的歌子
在所有无声的夜晚
那些古老的故事
总是能打动心事懵懂的少年

为什么一直痴痴地凝望
老市河静静的水面
温柔的波纹荡漾
又该会泛起多少的情思缠绵

有人说那个一跃的身影
化为你永恒的经典
我能感觉到激情
向我无波的灵魂发出的呼唤

依稀有一位缥缈的素女

曾在这默默地祭奠

缭绕的丝丝烟缕

要把一生浓缩成相思的一天

为什么总做着飞翔的梦

在所有月色的斑斓

飘过的细雨斜风

是否拨动了记忆的那根琴弦

子薇

一勺春一勺半诗

石斑木，凹出了春风

吹的模样

羽扇豆，雄姿英发

当属与我

并肩作战的女汉子

耧斗菜，深夜托梦

让我给她换个名

将就一勺春

一勺诗吧

想拜山茶，可昨夜

西风吹，雨落

一地的寂寞冷香丸

那些荠菜、南苜蓿

紫丁花和梨花带雨的小瓶枝

它们在我案头诵读

写了才一勺半的诗

薜　荔

薜荔爬在室内
匍匐的样子
连同整面墙都是艺术
就连屋子的主人
也被封为
绿植艺术家

薜荔爬在墙外，我看
到爬上了屋顶和烟囱
几枚果实在风中
晃动
一低头，去年的果实
依旧浑圆

听村里人说
薜荔爬满墙的那家

两个老人早已故世
在它对面，三间矮平房
里的两个老人
去年也走了
风中的薜荔
越爬越绿

被气流撞到

黄昏

空气里嗡嗡嗡的

声线

甚至感觉到了

变成几何图形的热浪

闪到你腰部，潜意识

在这样的背景里，有人

地上打坐

我似乎也悟道

他每天的 100 公里

骑行，也是打坐

它们追随新蜂王，不远千里

来此筑巢，形成气流

想来每个众生都有

自己的一条

信念之河

此刻，我被黄昏这股

气流撞到

立夏词

这场暴雨
是如此喜悦
是谁叩响了诗野小径

此处请忽略与生计
有关的词语
此处还应有扇窗，让蛙鸣
倾泻。我念的人正走过
南山路

越过台阶上的
木香花，盖过头顶和她
身上的
环佩
叮咚

李潇

在安庆 （外二首）

今夜，我在安庆
这一座缓慢的小城
我不是外人。这里有很多
熟悉、年轻和自由的风

晚风以自由的名义请走白天的燥
夜市安静，马路宽阔
路灯下偶然有几位行人
缓慢里我听见一阵湍急

不是江水，是心跳，是呼吸
从记忆上游漂过来的声音
风和人都换了一茬又一茬
只有红楼无声伫立，酒不醉人

一群人又一群人，再一群人

树木不是一觉醒来就会长大

而湍急的河流会，这湍急

由一条条支流汇聚而成

白鲸石

从大海洄游长江

后鼻音自动消失了

一群驾鱼而歌的人

不分年龄彼此称兄道弟

一头鲸，没用任何修辞

从一块巨石里跳出来

唱着三十年前的旧摇滚

依然不带拐弯和拉长的尾音

双龙湖边肆意翻滚腾挪

那是一片片白鲸的白

那是一头头白鲸的鲸

双龙湖立即俯首自称白鲸海

醉且醒的人纷纷减去三十年

惊出一身汗的摄影师捕捉一个个

鲸鱼的镜头。我看见

这些鲸用各自的姿势跳进巨石

不确定中的确定：从爱到爱

临行前被福鼎白茶滋润
那标准的告别动作已成为经典
爱心糕点慢慢填着饥饿的胃
爱追着我爬上三千米高空

那么多规则的话都是铺垫
前奏越长，蓄的势能就越强
蓄势后凌乱，从里到外，又从上到下
气温还在升高，汗并没滴下

两个茶杯碰响，我们以茶代酒
酒能醉人，但没有茶厉害
茶越来越浓，茶具越来越实用
来，抱一个，茶杯很配合

不确定里我只要一种确定
这种确定后来刻进了两个茶杯的响声
刻进去的确定等待被人发掘
从爱到爱。这是唯一途径

朵而

他们都会在夜间醒来

寒冷附着在光秃秃的树枝上
那里没有一片雪花
但所有的白，都在醒来

苏醒的夜晚，完成静态的咳嗽，换骨
和高密度燃烧
穿睡衣的孩子和小狗说话

在外面穿梭，哭泣的声音
年龄、性别，含着一个炉子
以及里面并排的数字

幸　福

善于素描的叶子，并未在风里发声
白天与躺在泥土上的石头对视
夜间，他们放养孤独
摆出不同形状，掩盖相同的咳嗽

附近有孩子

如果用啼哭，替代在人间的健康证明
那么，屋内
灯光将母亲腾出手安抚的动作
一再简约为轻灵
这一切源于另一场寂静
在我们对幸福做重要阐述时

风，一动不动

又见黄昏，那头俯卧在地
咀嚼枯草的牛，等着人来牵
这里曾开满雏菊，边上
有青竹林、彩蝴蝶野桔梗
沟里养着水葫芦

陪伴牛的祖母，走了多年
每年四月，土丘两侧
开灿烂小花
孩子们学大人样，叩头
拔草，挖哺鸡笋

平移后，村庄
见不到一条污泥田埂，也没有一片完整竹林
但那头缓慢吃草的牛依旧在
有时甩动牛铃，铃声清凌凌就撒了出去
你若唤它，必是含泪回应

徐俊国

深呼吸：致小满（四首）

小满田庄：致中年

多么惊讶。毛茛科，人字果。
浓缩了阳光，花开三毫米。

今日小满，
为流浪猫剪指甲，
从母亲眼角取下鱼尾纹，
放归九鹿湖。

蔷薇深懂我心，
垂下枝条，让我够得到。
今日小满，不再苦劝自己，
只顾痛饮。夜深，用酒
敬酒瓶。

255

满而不溢，清风万里。
悲欣交集，比例正好。

愿世界谦逊，万物彬彬有礼。

小满：致菜园施肥

《月令七十二候集解》：
"四月中，小满者，
物至于此小得盈满。"
灌浆，灌溉。勤劳，除害。
夜观天象，无福，无祸。
小满未满，所以喜欢。
明日凌晨有雨，
今夜，微风拂面。
菜园施肥，月亮低悬，
那是亡亲。
从高处，掐了掐，
万物的痛点。

田园诗：致小满之心

光阴有些冷，它懂缩骨术。
那舍弃了花朵的紫藤，
看起来比夏天清瘦，
那风干的橘子，恰如

事业在枝头完成了甜蜜的燃烧。
一条直道走一年的人，
都练习拐弯去了。

我把自己留在一首田园诗里，
冬眠之人，犹怀小满之心，
想一想白鹭在哪片芦苇过冬，
数一数圣诞树上住着几个天使，
神也会老去，
数一数羽毛每天掉几根……

更多的时候，我从早晨出发，
慢悠悠走进镜子里的小河，
把真理那孤独的面孔，
端详成透明之人——
那永不结冰的幻影。

半亩地：致苦涩的小路

大地充满逻辑，
花朵提问着果实。
蝴蝶穿着花豹的斑纹，
在苦涩的小路上
找到我，蹁跹我，
赠给我一阵新鲜的香气。

不知何时，一枝黄花
侵略了我的领地。
我手持镰刀和镢头，
为一场霜降，
做一次彻底的清理。
我喜欢自己亲手种下的
白菜和茄子、向日葵和玉米。

小菜园的边上流淌着蚱蜢溪，
蚱蜢溪的源头充满神秘。
樱瓣山下，这半亩地，
就是我的
退路和胜利。

鲁培栓

癸卯四首

七绝·雨后与师大同窗本建兄游辰山植物园

云重花新四野清，
风吹半夏鹤同鸣。
浮生若梦三十载，
落雨时节又相逢。

七绝·游漓江

碧水飞舟画上逢，
仙人指路问苍穹。
秦皇大略收三郡，
后主流连不忆蓉。

七律·癸卯夏登庐山忆往昔

万里大江东奔去，
擎天一柱傲白云。
繁花绿荫漫斜谷，
散鸟闲莺逐氤氲。
忽起风雷惊四宇，
依然赤胆泣人神。
九州千里峰无数，
唯有苍山慰庶心。

七绝·春日邀友同游辰山植物园

东风送暖碧云空，
一树清白一树红。
疫肆神州终已尽，
逢君莫负春光浓。

宋远平

在九峰 （外一章）

觅一泓清泉濯吾之缨。

五蕴渐空，听鹿鸣隐入草泽，听鹤唳隐入穹庐。

沧浪已无具体之水，那些或清或浊的河流，都是被时间遗忘的河流。

总有一些水，渗入时间的荒凉底部。

总有一些水，渗入高山，渗入冰雪，渗入晶莹剔透的心之窍洞，渗入绝恋。

而一小潭水中，嬉戏着一些白鱼，没有忧郁和快乐，它们就是忘我地嬉戏，而已。

而隐形的手拨动遥远的天地大道之弦。大海起伏，星海旋转，更高处是谁在永恒的河流之上一苇而航？

大音希声，曲高和寡。无声之音，譬如一瞥会意的眼神，一念千里的怀念，一叶知秋的常理，即便熙攘如潮，市声雷动，也挡不住一丝清凉，悄无声息地滴落于灵台。

水有上善之德，水有穿石之力，那微弱的一丝吟哦伴随着叹息，是意味着悄悄远逝，还是姗姗来临？

光

炽烈！

照亮世界。

光，看起来白得单调，其实它色彩缤纷，彩虹把它的美丽呈现出来。

光由美丽的颜色和射线组成，它的美丽，低调而自信，平静而霸气。

有时它像一无所有的穷人，除了浩大无际的光芒，再没有其他。

有时它却像一个修行者，静静地消耗自己，等待永恒。

有时它也像君王一样威严，对众生施以仁爱，德厚无边。

有时它又如勇士一样无敌，对黑暗毫不留情，相对亮剑。

光照亮世界。

世界有四季，有人与自然，有老人、妇女和小孩，有爱与责任，光照的地方充满美好。

它照耀无垠的草原、金色的沙漠、蓝色的海洋、皑皑的雪原。

它照亮森林，高大的乔木向高远的天穹伸出无数遒劲的大手，拥抱火红的太阳。

动物们在植物们中间腾挪，追逐、捕猎、逃生，把食物链拉长再拉长，把进化的背影扔进漫长的数以亿万计的黑夜。

有一种光明一直深藏于黑之核心，在坚硬的金属内部，思想的结晶、智慧的结晶，那是心窝中的心窝，怀着热爱和执着，怀着永不熄灭的火种。

用尽一生去抠，去掏，去钻，才会找到那地火，并引领它一朝喷涌。

人们最终会发现，经历过不要命的摩擦、视死如归的挖掘、玉石俱焚的撞击，都未能终止的潜伏，以身为油，以信念为火，以生命擎举。

是光。

窗（外二章）

从窗户渗进来的春的光景，刚好能照亮屋子。小小坐在窗下，偶尔有风带来窗外月季的香味。

南窗和北窗将家的功能分隔，一半以草地和阳光继续向前伸展，一半则拐个弯走向附近的商场。南窗正对绿地，倚窗远眺，大多时候它是羞涩的，却又常常出其不意引诱一角天来，打破屋里沉闷的气息；北窗则变得日渐琐碎，自三月以来，渐次生出众多对物质的欲望和疑惧。

两扇窗在屋子里独立着、交谈着，彼此渴望亲近，又不愿丧失自我。我常常惊异于它们的欢快和悲伤。不管是哪扇窗，于我都是难得的伙伴，从它们那里我得知生活的存在。它们是我的眼睛，让我看见思想、时空，看见我自己的内心。

早晨，窗打开青铜色的身体，用特有的触角观察途经事物，麻雀、枯枝、半空的云、发脾气的流浪猫……夜晚，光线暗淡，像是坐着小船在孤独的夜空经过两岸，岸边的事物生动着，忽而又消散。夜深了，屋暗了，昼夜更替的力量正在磨损窗的肩部。我深信窗通过一呼一吸时时在对我说话，不管是敞开的白昼，还是紧闭的夜晚，它们告诉我当下重要的讯息，而我只读懂了一半。

两扇窗犹豫着，终于交汇。

因长久地相望，汇合而成的南窗北窗，变成了一扇新的窗。它平静地打开窗棂，迎接未知的世界……

小 小

小小是条犬，全身金黄，长尾巴卷起。每次看我时眼睛带着不同凡响的温情。小小刚出生即遭人遗弃，一团小小地蜷缩在纸箱的角落，我抱起它，无法想象今后我和它将会拥有多少未被赋予过的生命体验。

四岁，小小学会了写日记，从那后它每天都写。美美患皮肤病被卖水果的主人嫌弃，明天就要被送去很远的地方，不再回来。小小急急跑去水果店，说它已找到一朵清凉的金盏菊，花瓣洁净，服下即解毒。它一遍一遍地说，告诉很多人，可没人理它，也没人知道它在说什么。最后，它看到美美被一个蒙着厚尘的脏车拉走，它想到自己，被丢弃时候还未满六个月，想到那时的伤心、绝望，一连几天它都没睡好，脑袋肿胀，它只能躲进自己的房间，写下内心的悲伤。完成第一篇日记后，它突然感觉自己的痛苦减轻了，脑袋也没那么疼胀了。从此它渴望学习，记下窗外的事物，读了很多的好书。

后来有一天它走出家门，去社区小花园的路上，看见路两旁的紫薇树和天空连在一起。它还看见那渗透紫薇的光束，在空无一物中生出自己的意志，完成生长、死亡和再生。

它想，要是美美也能写下这些神奇的事物，也许有一天美美真的会回来。

月亮和月亮石

似乎和平常一样，城市映照天空，黄浦江平静地流淌，蔷薇和苦楝在围墙边开放。

风吹五月，风吹拂蒲公英白色的柔毛，它们伏在城市低处，似乎更纤细了，忐忑着不知随风会落向何处。

在降临的夜色中，孤月高悬。

月亮观察城市与凡人不同。城市不断制造繁华，又不断地破坏繁华，而月亮，静静地穿透繁华观察着城市。

一切在匆匆流逝。

时间、金钱、爱情、书、音乐、不同凡响的人们，都匆匆地过去了。月亮只觉得自己的喉咙肿胀，她发现一幢幢建筑突然变成了排列整齐的帐篷，帐篷下人们的脸因恐慌而飘忽不定，她感到呼吸不畅，只能转移视线。

她看到黄浦江有一条支流长出伤痕，深深的烙印刻在江边的卵石上。这些石头，被吹过荒原的风轻轻婆娑。一千年了，它们守着生命的荒芜和繁茂，守住一条江日出而作、日落而息，它们是时间慢慢衰老仅存的果实。

在纷繁的城市，它们低垂着眼睑，用一片小小的坚硬，锁住风声和雷鸣。

月亮轻柔地贴上石头的耳朵，等待发出某种回声。

陈中远

风中的落叶声让我想起你 (外一首)
——茨维塔耶娃逝世 80 周年祭

阴云压低花楸树
风中的落叶声让我想起你

魔都的夏，伏特加的烈度
银白的惊慌的鸽子
飞向我
我们的诗歌在生长

在词语之上烈焰如吻
锻打刀与
刀尖，是令我们痴迷引以为傲的手艺

白日交替黑夜，黑夜覆盖黑夜
削去沉重的腐朽的织物
思想的刀锋显现真身
我们举杯

为眼眸中仅留存下来的，一粒豆火一样的光芒

铁轨上的黎明到来

我们呼唤：亲爱的魔鬼

时间埋葬着时间，唯爱永恒

叶拉布加的雪花飘过

我心中的墓地，上面开满

白玫瑰

魔术师

全场安静下来

灯光开始变得迷离

当魔术师缓慢挥动黑色的帽子

整个舞台也一起摇晃

从此刻起，你的双眼再看不到除帽子

以外的东西。你渴望的河流溢出心湖

像攀缘的藤，更像一条巨蟒，缠绕魔术师的手臂

你猎奇的脑袋，主动探进帽子的井口

而你的眼睛停留在十米之外

我们的呼吸听命于魔术师的棍子

小幅度起伏回旋；脉搏跳动，渐渐如高大

闸门前层层叠叠而上的潮水

拍打一触即溃的堤岸

沸腾的时刻必然到来

时间凝固在帽子戛然停止的一瞬

偌大的监狱，只剩下一个囚犯

他独自一人隔着铁栏，帝王般微笑着

挥手送别

刚刚获释的我们

牧野

刀客（外一首）

走夜路的人

心里都藏着一把刀

每次跌倒，就会被刺痛

在白天不够时，我

也会在黑夜中行走

变成了黑色的一部分

每一次夜行

都会离远方越来越远

每一次归来

都会离死亡越来越近

我知道

所有带刀的人

都是有背景的

或是，被道路颠跛了脚
或是，被阳光亮瞎了眼

与所有刀客一样
走不出黑暗的人
最终，都会倒在自己的刀下

天空的空

能入眼的万物，都是
天空的杂质
天，原本就是空的

空，并不一定都是无
有些空，确实会以物体的形态
存在着，只不过
慢慢地就变成了，回忆

后来者，可以面对着空
想象，流星是空的说辞
太阳，是空的反骨

我也会用一双空洞的
眼眸，仰望天空
搜寻着，在这渺茫的空之中
有没有，我的归宿

李洪涛

属于夜

你漫步于城中

黑漆漆的城墙全是孔洞

你是未被填满的

既未被你也未被他人填满

你、他人与你影子重合又擦身而过

你穿出你自己时

毫不犹疑

不容置疑

一盏灯亮了

它是在叹息吗

它是在叹息

在它的形状里发的光

映出你与你擦身而过

你穿出你的身体

水　手

实际上我们是没有船的水手

我说的是我们说的不只是我

是你我他你们我们他们

我说的不是那个一生更爱飞禽和走兽的人

我们都渴望海水

在这接近黄褐色的城里

一股蓝色从天上掉下

海水会一层层涌来

你不相信我说的没有关系

如果我们有船

海面终将归于平静

海面不会那样空

乌　鸦

如果想见到乌鸦

在潮湿、半透明的下午

铁发出铁声

冲压，摩擦

空气穿过腔管

而且这些声音都是微弱、断续的

乌鸦，它们，就会从不同的

时间、方向

飞来，聚合，划过，折回

天生的预言者

成群地站着

白布上一个个被啄破的黑洞

它们是天生的预言者

成群地站着

已是午后，已是午后

乌鸦掉下来

一个不大的缺口

掉下无数只乌鸦

光的瀑布、铁声、乌鸦

胡震

在塔尔寺

一束白发结出的舍利

源于一个信仰坚定的人和他

心怀大爱的母亲

以胎藏为本

二十二年养育之恩铸造永恒的石塔

高原上修行的人流下鼻血

流下酥油的眼泪

他黄色桃形的僧帽是一种标志

兼具勇气智慧和慈悲的象征

在八瓣莲花拥抱中

思考生命的无常和人生真谛

如今辩经僧头戴法轮仅留手掌清脆的回响

磕长头的五体投地空余满腔虔诚

朝圣者涌满大金瓦殿和九间殿内外

却没有一人能看见十万片菩提叶

幻化成十万具狮子吼佛

也没有一条可以抵达永生的通途
与汉藏风格建筑群相匹配的唯有
大步流星沉默不语的行脚僧
以及穿着绚丽藏服的年轻卓玛
夕阳下展露迷人的微笑
哦那一刹你了悟此刻意义

过居延海

戈壁荒漠的尽头就是黑水河

河水泛着深沉的墨绿

海鸥迎风群舞如断线纸鸢

这弱水三千如此沉默幽冷

又何以解人心忧

老子辞别尹喜骑青牛出函谷关来到此处

当是夕阳西下时分

圆满的落日让他心底澄澈如明镜

飞升只是瞬间羽化的过程

此刻大风起兮云飞扬

海边的芦苇比别处愈发苍茫

你可以想象王维当年面对此景

写下"大漠孤烟直，长河落日圆"的心情

如今居延海的日出比日落更出名

然而在漫天飞舞中匆匆来去

错过了日出也错过日落

我跟年少的骠骑将军一样

过居延抵祁连

让飞扬的风沙留在轻骑流星的身后

在观桥栈道拯救落日

大桥已深入河湾腹地

并且有轻柔起伏的迷人曲线

当海风吹得有声有形

在余晖涂抹金黄的一刻

大桥变幻更多神秘莫测的形状

哦这是一个多么有爱的世界

你看四点一过

观桥栈道上就站满了

试图拯救落日的人

小月

新浜：致夜色

绿与蓝在宁静中相互渗透
一弯月带着内心最热的光
慢慢投射到地面
叶新公路很长，看不到尽头的样子
但睦蓉路却突然跳了出来
又是一个崭新的延伸就在你眼角
像一朵盛开的夜花

再过去，刚才经过的一切并不陌生
就在这魅惑夜色里
枝头有坦然的鸟鸣
尤爱这份淡蓝，让人心头踏实

即便路灯会掩盖
我的影子
即便一根根柱子晃成

老年的样子

乡情依旧刻在那里

还有几粒舍不得吃

给隔壁盲人婆婆也尝尝

王崇党

在苦楝树下画了一个棋盘

等树落下一颗楝实

我就接着下一颗石子

风吹落的算，鸟儿啄落的算

山羊顶树落的也算

除此之外，我决不介入楝实落下的过程

我怕一不小心，会介入一场因果

把事情弄得更糟

或者，自己把自己逼入绝境

棋局如网，世事难料

在等的时候，我撕开一个楝实皮

舔了一下，棋子真的很苦

盒　子

收拾杂物时，发现了
一个三年前的没有打开过的快递
已经忘了盒内到底是什么

我端详着它，并不忙着打开
几年了都没打开，也不急这一时
也许打开了，物品也没有用了

突然我剧烈地抖了一下
感觉体内有一个东西晃了一晃
身体如一个快递到世上的
尘封多年的盒子

一个不存在的人

有一个奇怪的人

他没有形状，没有骨头和血肉，没有温度

也不占用空间

他一直在别人不知道的地方

伺机行动

当他看上一个人的影子时

会在别人离开的一刹那，进入别人的影子

把影子留下来，用来复活自己

只是这个影子总也不能长久，随着风吹日晒

会慢慢消散

当你看不到人，只看到一个移动的影子时

不要四处张望，只需快速离开

别让他盯上你

木　鱼

一切光显的东西相继隐去
夜深了，夜的枝头结出的果子
广大无边，肉汁肥美
而我，也退出了江湖，成为它的果核

本来是牵出了马，刀枪也握在了手，要打一片天下的
这么快，虚无就统治了世界
我裸露出全部的伤疤
黑夜里，它们一枚枚勋章一样完美

这静寂的世界没有问题，也没有答案
蓦然，一个声音隆隆响起
那只是身体里的寺庙的木鱼声，兀自在自问自答
像警句，又像是战鼓

青也

红　日

城市从暗处举起猎枪，对着上帝居住的地方

送出一颗子弹

一只灰雁从北归的队伍中消失，跌落在城市的某个角落

重重黑暗的门，探出蔑视生命的眼睛

灰雁双翅低垂，羽毛松散

歪着脖子目送轻于云朵的同伴消失天际

风送不来故乡的凝重，风被阻截在城市之外

风更送不来可以防御死亡的霓裳，风在海上咆哮

而一轮红日正灼烧着这适合飞翔的天堂

而命运细微的脚步正慢慢逼近肉体滑落永恒的尘土

一棵树，从前面铁栏栅的空隙里举起一根稻草

向天空伸手示意，并通报大风即将到来

这只灰雁歪着脖子，眼睛注视着上帝居住的地方

做最后的哀鸣，用以回敬生命，回敬故乡

也回敬黑暗的城市举起的那把枪，它的第二故乡

风穿过灰蒙蒙的云层，送来故乡的门

故乡的门是蓝色的

张萌

驶过（外二首）

隔着咖啡屋落地玻璃
绿皮火车驶过
午后的空旷。驶过
民国时代的站台。轮子

摩擦着铁轨，锈迹斑斑的声音
一路向东
窗子滤去振动声，铁轨和轮子
在行驶中渐渐隐身
像一部无声电影。我轻声搅动

咖啡杯里的不锈钢勺子
杯底泛起初夏气息
灰鹭贴着水面
滑过，石驳岸整齐地规范着
下午的慵懒

桥梁的寂静

倒映在清亮的水波里

老樟树开出灰球形花柱

在风中

摇晃出五月饱满的一面

茂盛街

镇子不大，甚至有点逼仄

连风都是侧身

擦过的。这是第一次路过

也许是最后一次

抵达和离开，像车子的前轮

和后轮

海在远处

风里裹着海腥味

我讨厌它粘在鼻尖上的咸

让我感觉一直在

海的包围中。它们钻进车厢

反光镜照出隐身的盐

在街道拐弯处

我看到茂盛街的路牌

一晃而过

中元节

凌晨两点的东岳庙

有点冷清

守门阿姨说

这个时辰

阴阳两个世界离得最近

敬好三支香后

直接来到大殿门口

左边祭新亡人

右边祭旧亡人

不到一年半的时间里

父母相继走了

现在，他们肯定各自坐在

清凉的石级上

看着我

独自扛着悲伤的样子

我拎着沉重的黄布袋

不知如何才能

撬开死亡的封印

袁雪蕾

雨落周庄

那是江河湖海的水
赶来雅集，在天地间
潇潇洒洒，撰写长篇金句

也是水乡，借给天空的米酒
一坛坛浓墨诗情，酣醉如画意
终于如数返还

几朵唐宋的雨云，墨绿色的雨云
围观闪电的狂草书法
长街曲巷、青砖黛瓦、石桥亭台
一瞬间注满
闪闪发光的美文韵脚

你幼年的影子
于水纹旋转的留声机里

发芽，开花

穿越迷蒙的雨帘，偶尔与我对望

同一个刹那，你我感慨

好雨如油，美庄似梦

这灵动的醉意，微醺的迷离

满世界的火苗缱绻，如昨日相见

水乡在心中只有一座

采红菱、接财神
打田财、阿婆茶
在时光里穿越，同样穿越的
还有木栅花窗、黑瓦青苔
光阴每一秒都变换风景
水乡在心中只有一座

红灯笼还在，摇橹船还在
悬浮的水草还在
那个开酒坊的
笑靥里盛着糯米香的姑娘
已鬓染银发

好几回，我循着前世的桨声
穿过今生的钥匙桥
在这幅 0.47 平方公里的流动画卷上

与明月干杯，微醺后

独自坐在斑斓灯火

编织的星空下，想念一个背影

徐凤叶

盛夏路过湖边及其他

一

一整个夏天

都在默诵墓志铭

那是

我

用眼睛

为某一天

刻下

碑文

二

蜂鸟悬停在空中

每秒五十次

引发

时间和空气对抗

掀起了
远方
某一场
不具名的
悲伤

三

闻见泥沼的气味了
一如早上芬芳馥郁的苹果
被时间蛀空

一双水藻般的眼睛
深绿幽惧
从斯蒂芬·金的《尸骨袋》中
望向我

锈蚀斑斑的
不止湖畔的椅子
还有那个
等待的
人

回　家
——记亚马孙雨林深处最后一个洞穴人的去世

族人们遗落我

在

千禧年之外

草屋上的浮云

一顶流浪的帽子

戴在头上整整六十年

五十个草屋

和满山的洞穴

木瓜、香蕉和木薯

我

用这些喂养孤独

用蜂蜜

涂抹文明的创口

夜

生命的容器

即将停止战栗

鹦鹉的彩色羽毛

覆满归途

追随群星遁入眼睛

此刻倾听

风

也倾听我

沉默是我们之间唯一的语言

张开江

云间雪伴蜡梅香

朔风呼啸狂，

满树挂金黄。

朵朵娇颜吐，

飘飘白雪妆。

天寒冰瘦骨，

蕊傲散奇香。

一缕诗情赠，

真心韵里藏。

中秋望月

窗外银光洒，
夜深方下楼。
一轮知客梦，
千古照离愁。
欲把诗情托，
唯期皓月邮。
家山虽路远，
海角共中秋。

白鹭吟

寒风何忍吹孤影，
在水一方谁共盟？
白羽无瑕身曼妙，
黄唇探食步轻盈。
眸光忽定佳肴得，
喙箭如飞蚱蜢惊。
但愿年年逢鹭友，
秋来赋韵唱诗情。

湖边又见白鹭有感

晨风带雨觉寒威，

撑伞匆行半掩衣。

柳叶纷纷皆落尽，

乡愁缕缕正思归。

经临岸畔青波荡，

忽见湖中白影飞。

重逢鹭友今三月，

试问孤身可有依？

醉白池赏荷

去年因负荷花约，
今日兴游醉白池。
一缕清凉为客纳，
千层碧叶任鱼追。
犹怜蓓蕾痴情醉，
最喜蓬头羞涩垂。
疫扰申城愁尽散，
云间好景热中窥。

岁末感怀

疫扰三年历苦辛，
回眸忽已渡迷津。
天涯路远诗书伴，
海角情深笔梦亲。
莫怨人生多坎坷，
欣然岁月任清贫。
身如柳蔓常漂泊，
羁旅江南又盼春。

方晨

七言六则

壬寅年春思

莫嫌绸月寒意少，
抬眼遥望叶落红。
雨潇一夜泪人迹，
徒锁春意妙画中。

夜归小陌

星辰拜夜谢知己，
清风抚琴听知音。
若问归途何人赴，
街深提灯系红巾。

浦南客途

浦南做客本岸然，
忽喜新衣换旧衫。
莫道茶冷寒人意，
尽除须眉言酒欢。

野涧恰逢知音

飞鸿惊拍流水处，
余烟徐徐遮暗潮。
孤流野林寂无声，
病树落雁听洞箫。

空山偶思之一

烟波渺然江河远，
层峦迭起他山间。
笔情墨意无辞近，
旧日新岁作流年。

空山偶思之二

飘逸凌霜入河山，
河山云深秋思难。
人间野鹭乘扶摇，
雨夜星斗照波澜。